即使無法相信地獄的存在，

但是在看到的時候，

你就清楚那並不是夢。

聊聊聊齋

下

蒲松齡 著
張國風 文

中華教育

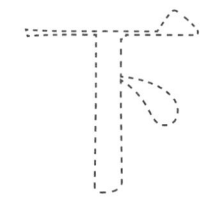

前言

清朝康熙年間，

文言小說集《聊齋志異》異軍突起，

在唐人小說的崇山峻嶺之後再現峯巒疊嶂之美。

充分體現了作者蒲松齡的創作天才。

想像豐富，

無奇不有。

在現實和虛構交織的世界裏，
使狐魅鬼怪，
多具人情；
藉悲歡離合，
寫盡人間百態。
本書以點評的形式
來鑒賞分析其中的人物和故事，
體味作者的藝術匠心。
希望在隨意所之的筆墨中
給一點啟迪和感悟。

蒲松齡小傳

蒲松齡（1640——1715），字留仙，一字劍臣，號柳泉。山東淄川人。蒲松齡一生不得志。19 歲時考取秀才。得到學道施愚山的賞識。此後多次參加鄉試，始終未能中舉。

蒲松齡 25 歲的時候，兄弟分家，只分得幾畝薄地，三間老屋。他也不怎麼管家，一心攻讀八股，希望不鳴則已，一鳴驚人。子女愈來愈多，生活也日趨困難。31 歲時，他去江蘇當過一年的幕賓。41 歲時，到本縣的縉紳畢際有家教蒙館。設帳授徒三十年。畢際有曾任南通州知府，罷職歸田，是當地的一大鄉紳。幕賓是「賓」，合則留，不合則去。畢氏有一種名士的風度，蒲松齡和畢氏相處頗為融洽，所以一呆三十年。他一面教畢家的幾個孫子讀書，一面代東家寫寫應酬的文字。同時研習舉業，到時候就去參加科考。

71 歲時，蒲松齡才援例補為歲貢生。又五年，去世。竟以鄉村塾師而終。

除了《聊齋志異》以外，蒲松齡還留下了詩詞、賦、俚曲，還有方便民眾識字、治病、耕桑、婚姻之用的文化普及讀物。這些著作都收入了近人編輯的《蒲松齡集》。

關於《聊齋志異》

《聊齋志異》是蒲松齡的孤憤之作，也是他一生心血的寄託。蒲松齡青年時期便熱中於收集奇聞異事，寫作狐鬼的故事。在康熙十八年（1679），他40歲的那年，把已經完成的篇章收集在一起，起名為《聊齋志異》。並且寫了一篇很動感情的序《聊齋自志》，希望人們能夠理解和欣賞這部書。以後，他繼續埋頭寫作，直到年逾花甲，方才擱筆。可以說，《聊齋志異》凝結了蒲松齡一生的心血。

蒲松齡曾在畢際有家設帳授徒三十年。畢家藏書豐富，這對蒲松齡撰寫《聊齋志異》也是有幫助的。家庭的貧窮使蒲松齡深知平民的痛苦，幕賓的生涯又使他與上流社會有一定的接觸。他一生處在雅俗之間，在雅人和俗人之間，在雅文化和俗文化之間，這對他創作亦雅亦俗的作品是極其重要的。

蒲松齡在民間傳說的基礎上進行艱苦的再創造，融進自己對生活的體驗，融進切身的悲歡愛憎。《聊齋志異》大約四百九十篇作品，共十二卷。廣泛地吸收志怪、傳奇和話本小說的營養。《聊齋志異》包括三種體裁：短篇小說，雜記寓言，散文特寫。材料的來源有自身的經歷，親友的經歷，他收集的當代故事，前代小說戲曲中的故事。經過蒲松齡改造騰挪的藝術加工，取得了點鐵成金的藝術效果。《聊齋志異》是一部文言小說集，是繼唐人小說以後文言小說的第二個高峯。

目錄

愛戀姻緣篇

公案訴訟篇

世間百態篇

人有淫心，是生褻境；
人有褻心，是生怖境。
菩薩點化愚蒙，千幻並作，
皆人心所自動耳。

愛戀姻緣篇

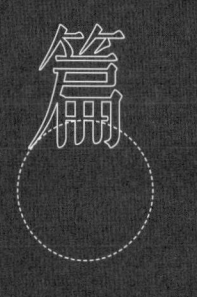

畫壁

卷一　第六篇

江西人孟龍潭與一位姓朱的舉人一起客居在京城。一天，倆人偶然地走進一座寺廟，寺廟的殿宇和僧人住的房屋，都不太寬敞，只有一個老和尚暫時地住在那兒。老和尚見有客人來，整理了一下衣服，出來迎接，並帶着他們到廟中各處遊覽。

殿中有一座高僧釋寶志[1]的塑像，兩邊牆上的壁畫非常精美，畫裏的人物栩栩如生。東側的牆上，畫着一羣散花天女，其中有一個沒有束髮的

---

1 **釋寶志** 釋寶志為釋門名僧，生於南朝梁代，俗姓朱，七歲出家。民間流傳着不少有關他顯露神通的異跡。

少女，手持一花，微笑着，櫻桃小嘴像是要開口說話，含情脈脈的眼神流波四溢。朱生注視少女好久，不知不覺的，神魂飄盪，恍惚之中，全神貫注，想入非非。忽然覺得身體飄浮起來，像是騰雲駕霧似的，就飛到了牆壁之上。只見層層疊疊的殿堂樓閣，不像是人間的情況。一個老和尚在高座上講說佛經，許多身穿僧衣的和尚圍着聽。朱生也夾雜在這些人中間。不一會，好像有人悄悄地牽他的衣裳。他回頭一看，正是那位披髮的少女，朝他嫣然一笑，轉身就走了。朱生隨即就跟了過去。走過一段曲折的長廊，少女進了一間小屋，朱生猶豫，不知進去好，還是不進去好。少女回頭看他，舉起手裏的花，招呼他進去，朱生於是快步跟進去了。屋裏寂靜沒人，他急忙擁抱少女，那少女也不怎麼抗拒，倆人親密了一陣。之後，少女關上門走了，臨別時叮囑朱生不要咳嗽出聲。夜晚的時候，少女又來了，這樣的過了兩天。

少女的夥伴們發覺了這件事，一起搜出了朱生。她們取笑少女說：「你肚子裏的孩子已這麼大了，還披着頭髮裝大姑娘嗎？」於是，她們一起拿來髮簪耳環，催促少女把披髮梳成婦人的髮髻。少女含羞，說不出話。一個女伴說：「姊妹們，我們不要老在這裏呆着，以免人家不高興。」於是，女伴們一笑而散。朱生回看少女，只見她梳着高高的髮髻，上面插着低垂的鳳釵，比披髮時更加的嬌豔。環顧四周，沒有人，便慢慢地又和少女親密起來，蘭草、麝香一般的香氣沁人心肺。

正在歡樂不已的時候，忽然聽得一陣皮靴和繩索的聲音，接着就是一片喧鬧，吵吵嚷嚷。少女吃驚地坐起來，和朱生一起偷偷地往外一看，只見一個身穿金甲的使者，臉黑得像漆似的，提着枷鎖和大錘，少女的女伴們圍着他站着。使者問：「人都全了嗎？」女伴們異口同聲地說：「全了。」使者說：「若是藏匿了世間的凡人，就一起告發，不要後悔，自尋

煩惱。」女伴們同聲說：「確實沒有。」使者轉身，像老鷹一樣四處張望，好像要搜尋一番。少女恐懼萬分，嚇得臉色大變，如同死灰。她驚慌地叮囑朱生：「趕快藏到牀下去！」她自己打開牆上的小窗，倉皇逃走。朱生伏在牀下，一口大氣都不敢出。一會兒，聽得皮靴聲進了房間，一會兒又出去了。過了不一會，喧鬧聲逐漸遠去，朱生這才安下心來，但這時候外面還有人來人往說話的聲音。朱生在牀下蜷縮着躲了很久，只覺得耳邊嗡嗡地像是蟬鳴，眼前直冒金星，那種情況實在是難以忍受。他只好靜靜地聽着外面的動靜，等待少女回來，這時候他已經想不起來自己是從哪裏來的了。

這時候，他的朋友孟龍潭在殿堂裏，轉眼之間，發現朱生不知去向，就疑惑地問老和尚。老和尚笑着說：「他聽講佛經去了。」孟問：「他去哪兒聽佛經？」老和尚說：「不遠。」過了一會兒，老和尚用手指彈了一下牆壁，呼喊道：「朱施主，這麼久了還不回來？」這時，只見壁畫上出現了朱舉人的圖像，他靜靜地站着，像是在側耳傾聽。老和尚又喊道：「你的同伴等你好久了！」於是，朱舉人飄盪着從牆壁上下來，無精打采地呆呆地站着，目瞪口呆，兩腿發軟。孟龍潭大吃一驚，慢慢地問他。原來朱舉人正伏在牀下，聽得敲門聲如雷一樣，所以出門來看，就回到了人間。大家一起再看壁畫上那個持花的女子，梳着高高的髮髻，已經不是以前那個披髮的少女了。

朱舉人向老和尚行禮，驚訝地訊問其中的緣故。老和尚微笑地說：「幻象都是從人心裏產生出來的，貧僧怎麼能解釋其中的奧妙。」朱舉人心中鬱悶，很不暢快。孟龍潭驚駭，心中不安。兩人起身告辭，從廟裏走了出來。

畫而有靈，畫能通神，早就成為小說中的題材。這類故事可以說是層出不窮，唐人張彥遠的《歷代名畫記》裏便收了很多類似的故事。唐人林登的《續博物志》一書中，有一個《黃花寺壁》的故事，講的是後魏時黃花寺妖畫蠱惑少女的故事。隋人所編的《八朝窮怪錄》裏有《劉子卿》一篇，晚唐人所編《聞奇錄》裏的《畫工》一篇，講畫中美人落地而與男子交往的故事。蒲松齡的《畫壁》大概是受到了類似故事的啟發。

故事的男主角是朱孝廉。孝廉就是舉人，是有身份的人。我們只要看《儒林外史》裏的范進中了舉人以後，是何等光景，想想胡屠戶的前倨後恭，就明白舉人是怎麼回事了。可憐那朱生欣賞畫壁的時候，竟被壁畫中的美人迷住了。看來朱生雖然讀書讀到孝廉，但四書五經還是沒有讀好，抵禦不住美色的誘惑。

蒲氏的詩詞功底很厚，所以他描寫畫壁美人純用詩筆，寥寥十二個字就寫出一個美少女的風采神韻：「拈花微笑，櫻唇欲動，眼波欲流」。看來，美人

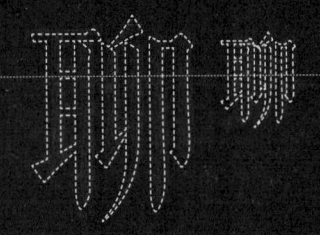

女伴們一面打趣，一面又很知趣。轉眼之間，胎兒已經長大。這當然是誇張。

故事的節奏非常之快，情節密度很大。女伴的出現沒有對兩人構成威脅。接着，真正的威脅到來了：金甲使者來查戶口了。這裏還是從人物的反應入手，突出其心態的特徵：少女的恐懼，朱生的手足無措。面對突發事件，沒有一點應付的能力。女伴們都說沒有外人，這是寫女伴們對女主角的同情。她們擔着風險來掩護愛情中的夥伴。

此時此刻，作者又掉轉筆頭，將故事拉回到現實世界中來。朱生的朋友孟龍潭正向僧人打聽朱生的下落。僧人回答說在壁畫上。朱生已經脫離險境，但驚弓之鳥，驚魂未定，心有餘悸。他的身子已經從畫壁上下來，但魂還在畫壁之上。情景已經從虛幻變成現實，但心理卻保持了狀態的連續。畫壁中的豔遇是虛幻的，非現實的，但朱生的心理軌跡卻是非常真實的。

蒲氏很想給他的故事賦予一點哲理，一點教化的價值。老僧的話「幻由人生」四個字，便是作者的畫龍點睛之筆。意思是說，心中有了邪念，便會出現虛幻的情景。

的要素，嘴要小，櫻桃小口，眼睛會說話。眼睛好看雖然不是充分的條件，卻是必要的條件。沒有聽說眼睛不好看而成為美人的。不是「動」，而是「欲動」，不是「流」，而是「欲流」。這是寫美人的羞怯，欲言又止，羞怯也是一種美。美而羞怯，就愈顯其可愛。封建社會裏，女性的主動是輕佻的表現，而羞怯則成為一種美。恍惚之中，朱生已經到了畫壁之上。關鍵就是「恍然凝想」四個字。現在人喜歡說「心想事成」，是過年話，其實只是圖個喜慶而已，沒有實際意義。人生不如意事，常十之八九，哪有甚麼「心想事成」。蒲松齡說「幻由人生」，亦即「幻由心生」，是想講點人生的哲理。如果我們要強分虛實，則朱生見畫中美人，故事還是在現實生活之中；「身忽飄飄，如駕雲霧，已到壁上」，則已經進入非現實境界。中間的轉折極為自然，轉折的樞紐就是「不覺神搖意奪」。朱生象做夢一樣進入一個超現實的世界。非常符合人們「日有所思，夜有所夢」的生活體驗。但朱孝廉是在白日做夢。這個極為自然的轉折造成一種真幻相間的心理效果。朱生和美少女，雙方都儘可能地少說話，先是少女暗暗地牽朱生的衣裳，向朱生招手。臨走時，叮囑朱生不要咳嗽出聲。神神秘秘，一切都在無聲中進行，非常默契，心有靈犀一點通，此時無聲勝有聲。

蒲松齡擅長寫小女孩之嬉鬧，寫來恍然生動，正和曹雪芹一樣。難怪《聊齋志異》和《紅樓夢》裏描寫得出色的人物大多是女孩。

嬌娜

卷一　第二十二篇

書生孔雪笠，是孔子孔聖人的後代。他爲人温和內向，詩寫得很好。他有一個很好的朋友在天台做知縣，寫信邀請他去，孔生應邀前往。到了那裏，不巧的是，朋友恰好病故。孔生流落在當地，沒法回到家鄉，寄寓在普陀寺，被寺裏的和尚雇去，抄寫經文，以此謀生。

寺院向西一百多步，有一處單先生的宅第。單先生本是大戶人家的公子，因爲一場官司而家業衰落，家中人口不多，於是就移居鄉下，他的宅第也就閒置在那裏。一天，大雪紛飛，路上靜靜地沒有行人。孔生偶然地走過單先生的宅第，只見門裏走出一位少年，很有風采。看見孔生，上前行禮，寒暄一番以後，就邀請孔生去他家作客。孔生對少年很有好感，欣然應邀，跟他進了大門。少年的家，房屋並不寬敞，但處處都懸掛着絲錦的圍幔，牆壁上掛着很多古人的字畫。書桌上放着一本書，封面上題着《琅嬛瑣記》。孔生翻閱了一下，書中的內容都是他沒有讀過的。孔生見少年居住在這裏，以爲他是宅第的主人，也就沒有問他的出身門第。少年詳細地詢問孔生的來歷，深爲同情，勸他開設教席，接納學生。孔生歎息道：「一個漂泊異鄉的人，有誰來推薦他呢！」少年說：「倘若你不嫌棄我愚笨的話，我願意拜你爲師。」孔生大喜，說不敢當老師，願意彼此以朋友相處。又問少年：「你們家的宅第爲甚麼老鎖着呢？」少年說：「這是單先生的宅第，早先因爲單公子遷鄉下住去了，所以長期地閒置着。我姓皇甫，祖籍是陝西。因爲我家被野火燒了，所以暫時借住在這裏。」孔生這才知道，少年並非單家人。當天晚上，兩人相談非常高興，少年便留孔生住下。

第二天天一亮，就有童僕進來生好炭火。少年進屋一看，孔生還圍着被子坐在牀上。童僕進來說：「太公來了。」孔生急忙起牀，一位老人進屋，頭髮鬍鬚都已經花白，他向孔生道謝說：「承蒙你不嫌棄我頑劣的兒子，願意教他讀書。這孩子初學詩文，先生不要因爲是朋友，就把他當同輩看待。」說完，送給孔生一套綢緞衣服，一頂貂皮的帽子，襪子、鞋子各一雙。老翁看着孔生洗漱梳頭完畢，就叫人端上酒菜。只見桌子、牀、裙子衣服都光彩奪目。酒過數巡，老翁起身告辭，拄着拐杖走了。吃完飯，公子拿出作業，孔生一看，都是古文和詩詞，沒有應考用的八股文。孔生問他怎麼回事。公子說：「我不求功名進取。」到了晚上，公子又與孔生一起喝酒，並說：「今晚我倆盡情喝一次，明天就不行了。」他又把童僕叫來問：「太公睡沒有？若是已經睡下，可悄悄地把香奴喚來。」童僕去了，先拿來一把錦袋包着的琵琶。不一會，一個婢女進來，一身紅妝，非常豔麗。公子讓她彈一曲《湘妃》。婢女用象牙的拔片撥動琴弦，琴聲激烈高亢，悲傷感人，節奏與以前聽到的音樂不同。公子拿大杯來喝，一直喝到三更才結束。

第二天早晨，兩人起來讀書。公子非常聰明，讀書過目不忘。學了兩三個月，寫出的詩詞就令人驚歎。兩人約好，隔五天喝一次酒。每次喝酒都會把香奴叫來。有一天晚上，酒喝得高興，氣氛熱烈，孔生眼睛直盯着香奴，公子明白他的意思，就對他說：「這個婢女是我父親收養的，兄長離開家鄉，漂泊在外，沒有家室，我早晚已經爲你籌劃此事很久了。一定會爲兄長找到一個漂亮的妻子。」孔生說：「如果你要幫我找個好妻子，一定要像香奴這樣的。」公子笑着說：「你眞是少見多怪，像香奴這樣就算漂亮的話，那你的願望也太容易滿足了。」

半年後，孔生想去城外遊玩，到門口一看，兩扇門從外面反鎖着。一問，公子告訴他說：「父親怕我交遊亂了心情，所以用這個辦法來謝絕客人。」孔生聽了他的解釋，也就放心了。當時恰好盛夏炎熱潮濕，他們把書房移到園亭。一天，孔生的胸膛上長出一個腫包，有桃子那麼大，一夜之間，就長得像碗口那麼大，孔生痛苦呻吟。公子早晚廢寢忘食地照顧他。又過了幾天，創痛加劇，飲食不進。太公也來看望他，對着他歎息。公子說：「我前天晚上想着，先生的病，我妹妹嬌娜能治，我已經派人去外祖母那裏讓她來，爲甚麼這麼久了還沒來呢？」一會兒，童僕進來告訴：「嬌娜姑姑到了，姨媽和阿松姑娘也一起來了。」公子和父親就趕快上內室去了，不一會，公子領着妹妹嬌娜來探視孔生。嬌娜大約有十三四

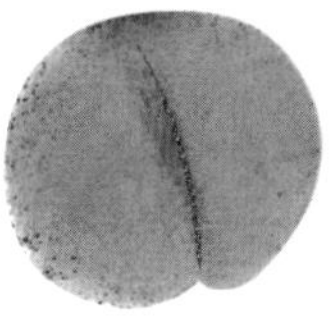

歲，眼波中流露出聰慧，苗條的身材像細柳一樣多姿。孔生一見嬌娜的姿色，頓時就忘記了痛苦呻吟，精神爲之一振。公子便說：「這是哥哥最好的朋友，我們的情誼勝過了親兄弟，妹妹好好給他治一治。」女孩收起羞澀的面容，捲起長袖，靠近窗榻爲他診治。嬌娜給他把脈的時候，孔生只覺得香氣襲來，勝過了蘭花。嬌娜笑着說：「是應該得這病，心氣動了呀！但是，病雖然嚴重，還可以治。只是膿腫結成了塊，非割皮削肉不行。」於是，嬌娜摘下手腕上的金鐲子，放在腫塊上，慢慢地按下去，那腫塊漸漸地鼓起來，有一寸多高，超出鐲子，腫塊根部的餘腫也約束在鐲子之內，沒有原先碗口那麼大了。於是，嬌娜一手攬起衣襟，解下佩刀，那刀刃薄得像紙一樣。她一手按着鐲子，一手拿着刀，輕輕地貼着腫塊的根部割削。紫色的血流淌出來，沾染了牀褥。孔生貪戀嬌娜的身姿，不但不覺得疼痛，反而惟恐她不一會就割削完事，不能多時地依偎。不一會，一團爛肉割完，像是削下一個樹瘤一樣。又喚人拿水來，爲孔生清洗傷口。嬌娜從嘴裏吐出一顆紅色的藥丸，像彈子那麼大，放在創口上按住，旋轉。剛轉了一圈，就覺得傷口處熱氣蒸騰。再轉一圈，傷口發癢；三圈下來，只覺得渾身清涼，透入骨髓。嬌娜收起藥丸，咽進嘴裏，說：「好了！」快步走了。孔生趕忙起身，上前表示道謝，多日的重病，一下子就消失了。可是，想起嬌娜美麗的面容，痛苦不能自已。

孔生從此放下書本，呆呆地坐着，一點興趣都沒有。公子看出他的心思，對他說：「兄弟爲你物色到一位好配偶。」孔生問：「誰？」公子說：「也是我的近親。」孔生沉思了好久，說：「不必了。」又對着牆壁吟詠道：「曾經滄海難爲水，除卻巫山不是雲。」孔生借用唐代詩人元稹悼念亡妻的兩句詩，暗喻自從見了嬌娜，看別的女子都覺得不美了。換句話說，除了嬌娜，他誰也不想娶。公子看出他的心思，對他說：「我父親非常仰慕你的才華，常常希望能與你結成親家，但我只有這麼一個妹妹，年齡太小。我姨媽有個女兒阿松，十八歲了，長得不難看。如果你不信，可以在前面的廂房裏等着，松姐天天到園亭去，你可以看到她。」孔生便照他所說的去做。果然看見嬌娜帶了一個美人到園子裏來了。只見那美女蛾眉彎彎的，三寸金蓮穿着描鳳的繡鞋，容貌與嬌娜不相上下。孔生大喜，請求公子爲他作媒。公子第二天從內室出來，向孔生祝賀道：「事妥了。」於是，另外收拾了一間屋子，作爲孔生舉辦婚禮的新房。當天晚上，鼓樂喧騰，塵埃被吹得四處飛揚。孔生因爲盼望中的仙女忽然就要與自己同牀枕，於是竟懷疑月亮中的廣寒宮，也未必就在天上。成婚以後，心滿意足。

一天晚上，公子對孔生說：「與你切磋學問的恩惠，我沒有一天忘卻。近日來，單公子的官司已經完事，討要宅第，催得很急。我想離開這裏回西邊去，想到我們今後很難再相聚，心中充滿離愁別緒，非常糾結。」孔生表示願意跟隨他家而去，公子勸他回自己的家鄉，孔生覺得有點爲難。公子說：「不要擔心。我可以給你送行。」不一會，太公帶着松娘來，贈送孔生一百兩黃金。公子兩手分別握住孔生和松娘的手，囑咐他倆閉上雙眼，不要看。只覺得身體飄盪着到了空中，耳朵裏只聽得風聲呼呼作響。過了好久，聽公子說：「到了。」孔生睜眼一看，果然已經到了故鄉，這才知道公子並非凡人。公子高興地敲開家門，孔生的母親喜出望外，又看到兒子帶回來一個美麗的媳婦。大家正在欣慰的時候，回頭一看，公子卻已經消失了。松娘侍奉婆婆非常孝順，她的美麗和賢慧，遠近聞名。

後來，孔生考中了進士，被任命爲延安府的推官 I ，便帶了全家去上任。松娘生有一子，名小宦。不久，孔生因爲違逆了巡按而被罷官，留在

I **推官** 官名，唐朝始置，最初是節度使、觀察使等屬官，掌理司法為主。

任所，聽候發落。偶然的在郊外打獵，忽然遇見一位少年，騎着一匹小黑馬，不住地看他。孔生細細一看，原來是皇甫公子。公子勒住馬韁，停下馬來，兩人相逢，悲喜交加。公子邀請孔生到他那兒去，到了一個村子，只見樹木茂密，樹蔭遮住了天空和太陽。進公子家一看，只見大門上鑲着包金的釘頭，完全是一個世家大族的樣子。問起他的妹妹，說是已經出嫁。又說起岳母去世，深感悲傷。住了一晚，孔生帶着妻子回家。嬌娜也來了，抱着孔生的兒子，舉起放下地逗弄，開玩笑說：「姐姐亂了我們的種了！」孔生拜謝她的救命之恩。嬌娜笑笑說：「姐夫富貴了，創口好了，沒忘記疼吧？」妹夫吳郎也過來拜見，孔生一家住了兩個晚上才離去。

一天，公子面帶憂愁，對孔生說：「上天要降下大災了，你能救救我們嗎？」孔生不知他說的是甚麼事，但也一口答應。公子快步走出，招呼一家人，在堂上向孔生跪拜在地。孔生吃了一驚，急忙問是怎麼回事。公子說：「我不是人類，是狐狸[2]。如今有雷霆的劫難，孔君如果能夠挺身赴難，我的一家有希望存活。如果孔君不能相救，請你抱着孩子趕快離開，以免受到連累。」孔生發誓，要和公子一家同生共死。於是，孔生手持寶劍站在門口，公子叮囑他：「即便受到雷霆的轟擊，也不要動。」孔生就按照他說的去做。果然看見天上烏雲密佈，天空昏黑，像是蓋上了一塊黑色的大石板。再回頭看所住的房屋，再也看不到甚麼宅第里巷，只看到一座大墳，巍然屹立，下面一個深不見底的大洞。正在驚愕的時候，只聽得一聲霹靂，山嶽震動，狂風驟雨，老樹都被連根拔起。孔生眼花耳聾，仍然屹立不動。忽然在如絮的黑煙中，看到一個鬼怪，尖嘴長爪，從大洞中抓出一個人，隨着煙霧直上空中。孔生看那人穿的衣服，心裏覺得好像嬌娜。於是急忙一躍而起，用劍向鬼怪擊去，那鬼怪隨手墜落。忽然

2 **狐狸** 傳說狐狸可以經過修煉而成為狐狸精。民間為祈求平安，會為狐狸精蓋廟安頓並尊稱為狐仙。狐仙正是民間信奉的「五大仙」之一。「五大仙」又叫「五大家」或「五顯財神」，分別指：狐仙（狐狸）、黃仙（黃鼠狼）、白仙（刺蝟）、柳仙（蛇）和灰仙（老鼠）。

一聲霹靂，像是山崩地裂一般，孔生摔倒在地，死了。

過了一會，雲開日出，嬌娜自己蘇醒過來，看見孔生死在旁邊，放聲大哭：「孔生爲了救我而死，我還活着幹甚麼！」這時候，松娘也出來了，於是就一起抬着孔生的屍體回到家裏。嬌娜讓松娘抱着孔生的頭，讓她哥哥用金簪撥開孔生的牙齒，自己捏着他的臉頰，使他的嘴張開，再用舌頭把紅丸送到他的嘴裏，又吻着他的嘴向裏面吹氣。紅丸隨着呵氣進入孔生的喉嚨，「格格」作響。過了一會兒，孔生蘇醒過來。看見親人圍聚在他的面前，恍惚如在夢裏。於是一家團圓，驚魂稍定，非常歡喜。

孔生因爲這裏是墳墓，不能久住，就與大家商量一起回他的家鄉去。大家聽了都交口稱好，惟有嬌娜悶悶不樂。孔生請她與吳郎一起前往，她又擔心公公婆婆捨不得離開幼小的孫子，於是整天的商量也沒有一個結果。忽然，吳家的一個小家奴汗流滿面、氣喘吁吁地跑來，大家驚訝地問

狐狸在修練過後不但可以成為妖精，更可以化為人形，當中，又以九尾狐道行最高。傳說迷惑商朝帝辛（紂王）的妲己，便是九尾狐的化身。在日本，九尾狐的傳說也很盛行，例如陰陽師安倍晴明逼使九尾狐變化成一塊古怪石頭「殺生石」的故事。

他，他告訴說，吳郎家也同一天遇到劫難，一家全死了。嬌娜一聽，頓足悲傷，流淚不止。大家一起勸解，於是一起回去的事情才定下來。孔生進城辦事幾天，於是連夜收拾行裝。回到家鄉以後，將公子一家安置在閒着的院落，花園的門總是反鎖着，孔生和松娘來的時候，才把鎖打開。孔生與公子兄妹，下棋喝酒，宴席暢談，如同一家人一樣。小宦長大以後，容貌俊秀，有狐狸那種機靈。他到街市去玩的時候，人們都知道他是狐狸的孩子。

〈参議院議員〉

聊聊

以公子為中介，孔生先後遇到三位女子。第一個是公子父親的侍女香奴。第二個是嬌娜。第三個是松娘。香奴和松娘是嬌娜的陪襯，又是嬌娜的補充。香奴漂亮，琵琶彈得好，是第一個使孔生為之心動的女子。可是，香奴是公子父親離不開的婢女，如《紅樓夢》中鴛鴦之於賈母。公子允諾，必為孔生另覓佳偶，不次於香奴。這是為後面嬌娜、松娘的出場作鋪墊。香奴紅袖佐酒，給孔生送去快樂；嬌娜割瘡治病，是救命之恩。嬌娜的第一次亮相，是從孔生的眼睛去看，從孔生的感受去烘托。見到美少女，孔生腫塊未去而心火已消去大半。對於嬌娜為孔生手術去腫的過程，描

《嬌娜》這篇小說，很是特別。寫的是一位男子將愛情轉化為友情、轉化為兄妹之情的故事。在封建社會裏，青年男女之間，要麼是夫妻關係，要麼是私情關係，要麼是沒有關係，沒聽說有友情一說。這個故事告訴我們：男女之間純潔的友情比異性之間的兩情相悅愈加珍貴。蒲松齡身在三百年前的封建王朝而能夠有這樣的思想，不是非常超前嗎？《嬌娜》一篇的境界，有異於《聊齋志異》中其他的愛情故事。

故事隨着孔生的行跡而展開，但光彩照人的是嬌娜。嬌娜並沒有立即出場，嬌娜的第一次亮相，小說已經過去三分之一的篇幅。作者在女主角出場以前作了很多鋪墊。作者從各個方面寫出公子不俗的氣質，而為嬌娜的出場做準備。

了敘事的步伐。不久，考驗悄然而至。公子一家，將遇雷霆之劫，企求孔生施以援手。孔生毅然允諾，慷慨赴難。小說極力渲染雷劫之恐怖，以突出孔生見義勇為的俠肝義膽。公子、嬌娜兄妹獲救，而孔生倒地而死。嬌娜再施妙手回春的絕技，救活孔生。經歷了生與死的考驗以後，孔生與嬌娜的友情已經非同一般。看見孔生為了搭救自己而死，嬌娜痛不欲生。可是，嬌娜依然是忠於丈夫吳郎的。

這個故事給人的啟發，不光是青年男女之間真純的友情，而且另有其人生的啟發。對孔生來說，和香奴沒有緣分，倒也罷了；誰知十分看好的嬌娜又是失之交臂。兩次機會，皆擦肩而過。作者沒有藉此抒發萬般皆是命，半點不由人的老生常談，而是寫出男女之間還有一個純潔美好、真誠無私的感情世界。孔生連失兩次機會，感情連連受挫以後，依然能夠端正自己的心態，將愛慕之情轉化為友情，轉化為兄妹之情，也是值得稱道的。孔生沒有像少年維特那樣去自殺。雖然不能成為夫妻，卻依然能夠同舟共濟、生死與共，這就更使人欽佩了。

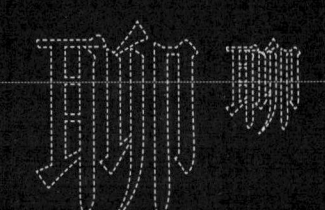

寫極為細膩。嬌娜年僅十三四，號脈診病，竟如資深中醫；手術之俐落老練，兔起鶻落，令人心折。「心脈動矣」四個字，道破孔生病根，本為求偶不遂，鬱悶上火所致；同時也表現出嬌娜活潑風趣的性格。整個手術的過程，描寫細緻，如在眼前。卻又用字簡練，是為難得。口吐紅丸，才轉三周，就康復如昔，自然是超現實的想像，但手術的過程卻使人覺得非常真實，只不過是誇大了康復的速度而已。美麗而兼有絕技，舉止大方，可敬可愛，難怪讓人心動。在手術的過程中，又穿插孔生的感受，更加襯托出嬌娜的可愛。為了延長親密接近的時間，寧可延長手術的時間，精神的快樂壓倒了手術的痛苦。嬌娜匆匆而來，又匆匆而去，孔生肉體上的病好了，卻添了思想上的痛苦。一個女孩能夠令人如此痛苦失落，則她的可愛亦可想而知。可是，嬌娜太小，無法出嫁。感情的空白需要填補，不久，孔生又經公子的介紹，認識了他一生中的第三個女子，即公子的姨女阿松。阿松之美，與嬌娜不相上下，於是，孔生與松娘結成百年之好。雖然與嬌娜未成眷屬，不免有所遺憾，但得到松娘這樣的妻子，亦可以說是如願以償。成婚以後，孔生看着神仙一般的妻子，覺得非常幸福。

孔生的故事一波三折，皆與女子有關。中心是他的婚姻大事。但蒲氏意有未足，他還要讓孔生與嬌娜的友情經受嚴峻的考驗。中間的過渡，作者明顯地加快

青鳳

卷一　第三十九篇

太原耿家，原本是一個大戶人家，宅第寬敞宏偉。後來沒落了，大片的房舍，有一半都空着荒廢了。於是就生出一些怪異的事情，廳堂的大門常常自開自閉，家人常常半夜裏驚嚇得喧嘩起來。耿家煩惱這事，於是就搬到別墅去住，留一個老頭看門。從此，耿家的宅第就更加地荒蕪冷落，有時候聽到裏面傳出歡歌笑語。

耿家主人有個姪子叫耿去病，性格狂放，無拘無束。他叮囑看門的老頭，如果聽見看見甚麼，就趕快來告訴他。晚上的時候，老頭看見樓上燈光一亮一亮的，就跑去告訴耿去病。耿生想進去看個究竟，老頭勸他別去，他不聽。耿生對院裏的門戶路徑素來很熟悉，於是他撥開叢生的蒿草，拐來拐去就進了樓。上樓一看，也沒有甚麼怪異的事情。穿過樓房，聽得有人輕輕地說話，偷偷一看，只見一對大蠟燭燃燒着，明亮如同白天。一個老頭戴着儒冠，朝南坐着。一個老婦在老頭對面坐着，都有四十多歲的光景。朝東坐着一個少年，有二十多歲。右邊是一個女郎，才十五歲罷了。滿桌的酒菜，圍坐着說笑。耿生突然闖進去，大笑着說：「不請自到的客人來了！」眾人大吃一驚，四散逃避。獨有老頭出來呵斥他：「你是誰，爲何闖進人家的內室？」耿生反問他：「這本是我家的內室呀，是先生來佔着。您擺了酒席自己吃喝，也不邀請主人，是不是太吝嗇？」老頭仔細打量了他一番，說：「你不是耿家的主人。」耿生說：「我是狂生

耿去病，主人的姪子。」老頭說：「久仰大名，如泰山北斗！」於是作揖請耿生入席。又命家人換一下酒菜，耿生說：「不用換了。」老頭爲耿生斟酒，請他喝。耿生說：「我們是一家人，座上的人都不必回避，請他們出來一起喝吧！」老頭於是就喊道：「孝兒！」一會兒，從外邊進來一個少年。老頭介紹說：「這就是我的兒子。」少年作揖坐下，大家簡單地介紹了一下各自的出身門第。老頭自我介紹說：「我姓胡，名義君。」耿生素性豪放，談笑風生，孝兒也倜儻風流，談話之中，不由得互相欽佩，產生好感。耿生二十一，比孝兒大兩歲，因此就稱他爲弟弟。老頭說：「聽說耿君的祖上曾經撰寫了一部《塗山外傳》，你知道嗎？」耿生說：「知道。」老頭說：「我就是塗山氏的後代。自唐朝以後的家譜，我還能記得。五代以上的事情，就沒傳下來了。請耿公子爲我介紹一下。」於是耿生簡略地講述了一下塗山狐女[I]輔佐大禹治水的功勞，又添油加醋說了一番，

I

塗山狐女

塗山女狐，有傳禹的妻子塗山氏為九尾狐的化身。塗山氏，名女嬌，禹的妻子，夏朝第二任君主啟的母親。塗山，即會稽山。傳說禹三十歲時仍未娶妻，一次行至塗山，遇見了九尾白狐，其後便娶了塗山氏為妻。

思如湧泉一般。老頭大喜，對兒子說：「今天有幸聽得聞所未聞的家史，耿公子也不是外人，可以請你母親和青鳳都來聽聽，也讓她們知道一下我們祖先的功勳。」孝兒進帷幕之中。不一會，老婦和女郎一起出來了。耿生仔細一看，女郎體態嬌弱，眼波中流露出聰慧之氣，人間找不到這樣的美女。老頭介紹老婦說：「這是我的老伴。」又指着女郎說：「這是我的姪女。很聰明，所見所聞，牢記不忘。所以把她也叫來聽聽。」耿生說完就喝酒，眼睛直盯着女郎，目不轉睛地看。女郎有所察覺，便低下了頭。耿生偷偷地去踩女郎的腳，女郎急忙縮回她的腳，也沒發怒。耿生神采飛揚，不能控制自己，拍着桌子說：「若是能夠娶到這樣的美女做妻子，就是讓我面南稱王，我也不換！」老婦見耿生漸漸地醉了，愈發地狂放，就急忙與女郎一同起身，掀開帷幕離去。耿生非常失望，於是向老頭告辭。回到家裏，耿生依然心緒縈繞，無法忘記青鳳。

第二天夜裏，耿生再次前往，只覺得還能聞到蘭草和麝香的芬芳，但是，他凝神等待了一個通宵，卻寂靜得一點聲音都沒有。回家以後，他與妻子商量，想帶了全家去住，希望能夠再有幸遇到青鳳。妻子不同意，耿生就自己搬過去，在樓下讀書。夜晚的時候，他正在桌前坐着，忽然來了一個惡鬼，臉漆黑，瞪大眼睛看着耿生。耿生一笑，用手指蘸了點墨往臉上塗抹，目光閃閃地與鬼對視。鬼自覺沒趣，就走了。

第二天夜裏，夜深了，耿生熄滅蠟燭，正準備睡覺，忽然聽見樓後有撥開門閂的聲音，又聽得門打開的一聲響。耿生急忙偷偷一看，只見門開了一半。不一會，聽得一陣細碎的腳步聲，有燭光從屋裏出來。一看，原來是青鳳。青鳳突然見到耿生，嚇得往後退，連忙把門關上。耿生在門外長跪不起，哀求青鳳說：「小生我不避險惡在這裏等待，實在是因爲你的緣故。幸虧現在沒有別人，若是我能夠握一下你的手，笑一笑，那麼，我死也沒有遺憾了。」青鳳在屋裏遠遠地說：「你的深情，我難道不知道？但是，我的叔父家教很嚴，不敢聽從你的請求。」耿生哀求說：「我也不敢指望與你有肌膚之親，只求見你一面就滿足了。」青鳳似乎同意了，開門出來，耿生抓住她的胳膊，把她拉進自己的懷裏。耿生狂喜，攙着青鳳到了樓下，抱着把青鳳放在膝上。青鳳說：「幸好我們前世有緣，過了今晚，再相思也沒用了。」耿生問：「爲甚麼？」青鳳說：「叔父怕你太狂，所以化作惡鬼嚇唬你，而你不爲所動。如今叔父已經在別處找到了住所，一家老小帶着傢俱都要搬走，我留在這裏看守，明天就走。」說完，青鳳就要走，說：「我怕叔父要回來了。」耿生強行地留住她，想向她求歡。兩人正在拉扯的時候，老頭忽然進來了。青鳳羞澀害怕，無地自容，低頭靠着牀，弄着衣帶，沉默不語。老頭發怒，說：「賤丫頭敗壞我家的名聲！還不快走，看我拿鞭子抽你！」青鳳低着頭急忙跑了，老頭也出去了。耿生尾隨着聽有甚麼動靜，只聽得老頭百般地辱罵青鳳，而青鳳則「嚶嚶」地哭泣。耿生心如刀割，大聲地喊：「罪過在我，與青鳳有甚麼關係！倘若你能寬恕青鳳，刀劈斧剁，我都情願一人承擔！」過了好久，屋裏安靜下來，耿生回去睡覺。從此宅第內再也沒有甚麼動靜了。

耿生的叔父聽說出事以後，感到姪子是個奇才，願意把房子賣給他住，不計較價錢。耿生大喜，帶着全家住了進去。住了一年，非常舒適滿意，但沒有一刻忘記青鳳。恰逢清明節上墳回來，看見兩隻小狐狸，被一條狗追着。其中一隻落荒而逃，另一隻在路上倉皇逃竄。看見耿生，那隻狐狸發出「依依」的哀啼，耷拉着腦袋，縮着頭，好象是哀求耿生的救助。耿生可憐牠，解開衣服，把牠抱在懷裏，回了家。到家後，關上門，他把那隻狐狸放在牀上，狐狸竟然變成了青鳳。耿生大喜，安慰了她一番。青鳳說：「剛才正與婢女在野外玩，遭此大難，若非遇到郎君，必定葬身狗肚了。希望你不要因爲是異類而厭惡我。」耿生說：「我日夜地思念你，連夢裏也忘不了你，見到你如獲珍寶，哪裏會有甚麼厭惡！」青鳳說：「這恐怕也是天命。不是因爲遇到這場災難，我怎麼會跟你相逢？不過非常幸運，婢子必定以爲我死了，可以與你永遠在一起了。」耿生大喜，另外找了一處房舍讓青鳳住下。

過了兩年，耿生正在夜裏讀書，孝兒忽然進來。耿生放下書本，驚訝地問他從哪裏來。孝兒跪在地上，悲傷地說：「家父忽然遇到大禍，只有你能夠搭救他。父親想親自來求你，又怕你不肯接納他。所以派我來求你。」耿生問：「甚麼事？」孝兒說：「公子認識莫三郎嗎？」耿生說：「他是我同年登榜的晚輩。」孝兒說：「明天莫三郎將要從這裏經過，若是他帶着打獵獲得的狐狸，希望你能把那隻狐狸設法留下來。」耿生說：「當年樓下的那一頓羞辱，我至今耿耿於懷。其他的事情我也不想過問。這件事一定要我幫忙的話，非青鳳出面不可。」孝兒哭泣說：「青鳳妹妹已經死了有三年了！」耿生一甩衣袖，憤憤地說：「既然如此，那我就更恨他了！」說罷，拿起書本，高聲地朗讀起來，再也不理睬孝兒。孝兒失聲痛哭，捂着臉走了。耿生到青鳳的住所，告訴她這件事。青鳳大驚失色，問耿生說：「你眞的不救？」耿生說：「救還是要救的，剛才之所以沒有答應孝兒，也不過是報復一下他先前的蠻橫而已。」青鳳這才轉悲爲喜，說：「我從小失去父母，靠着叔父長大成人。以前雖然得罪過你，那也是因爲家規的緣故。」耿生說：「事情確實是這樣。但總不能讓人不生氣。當年如果你眞的死了，我一定不救他。」青鳳笑着說：「你眞的忍心啊！」

第二天，莫三郎果然打獵歸來，經過耿生的門前，他騎的馬，飾有縷金的胸帶，身上挎着虎皮製的弓袋，僕人隨從前呼後擁，聲勢顯赫。耿生在門前迎接他，看他獵獲的野獸很多，其中有一隻黑色的狐狸，鮮血染紅

了皮毛，一摸，皮肉還是温熱的。耿生便藉口自己的裘衣破了，想討張狐狸皮來補一補。莫三郎慷慨地答應了他。耿生立即將狐狸交給青鳳，然後與客人一起喝酒。客人走了以後，青鳳把狐狸抱在懷裏，三天以後，狐狸醒了過來，轉了一下身，變成了老頭。老頭抬頭見到青鳳，疑心不是在人間。青鳳把經過說了一遍，老頭於是向耿生下拜，慚愧地承認自己先前的不是。他高興地望着青鳳說：「我本來就估摸着你沒有死，今天果然如此。」青鳳對耿生說：「你如果心裏有我，希望你依舊把那座宅第借給我們住，使我有機會報答叔叔的養育之恩。」耿生答應了她。老頭羞愧地道謝，而後離去。晚上的時候，果然全家都搬來了。從此兩家一如父子親人，不再有甚麼猜忌。耿生住在書齋，孝兒經常與他喝酒聊天。耿生正妻生的兒子漸漸長大，就讓孝兒教導他。孝兒循循善誘，很有老師的風範。

聊聊

青鳳的模樣，

是典型的「聊齋」式的美女。柔弱而美麗。與嬌娜相比，青鳳沒有妙手回春的醫術，卻多了幾分羞澀。

更重要的是，青鳳不像《聊齋志異》中許多投懷送抱的狐女，她倒是很接近人間一般的女子，她們為禮教所束縛，為家長所拘管，缺乏衝破牢籠的勇氣。所以，愛情的動力只能來自那位狂生。與《嬌娜》中孔生的故事相比，這裏沒有那個熱心的皇甫公子，卻多了一位阻撓好事的家長——青鳳的叔叔。由此而生出許多曲折。

耿生毫不掩飾自己的感情，狂放輕薄，旁若無人。耿生是有家室的，但作者依然放手讓他去追逐少女，死纏爛打，

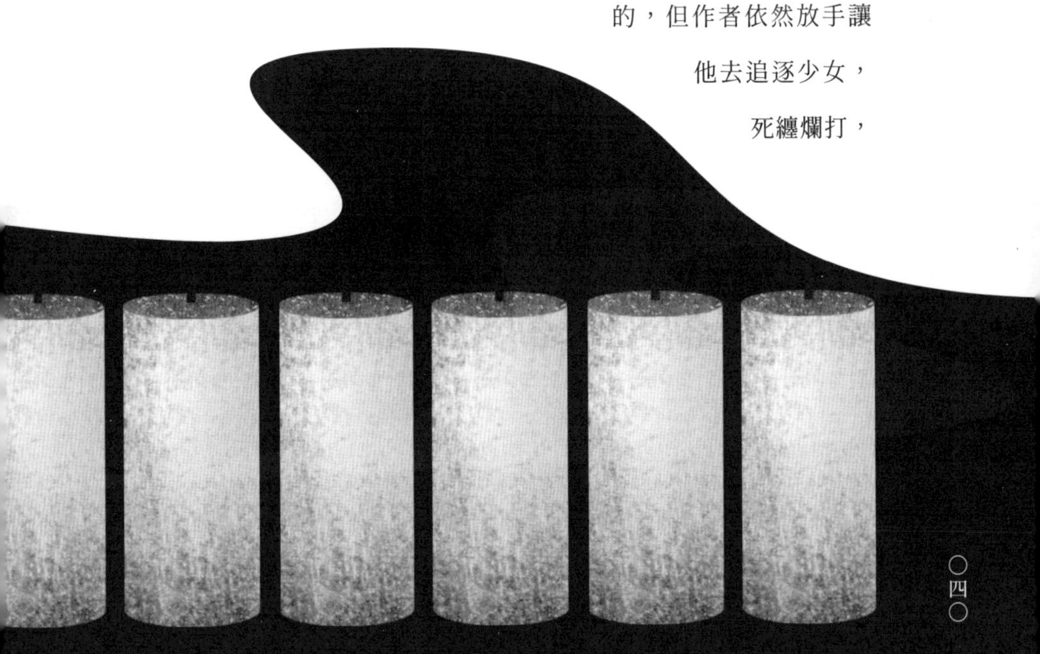

《青鳳》一篇。歷來被認為是《聊齋志異》中的愛情名篇。

環境是典型的「聊齋」式的環境：一座大而空的房子，曠廢荒落而無人居住。堂門自己就會打開，裏面傳出說笑的聲音。狐狸精還沒出現，神秘的氣氛已經非常濃郁。

男主角耿生是一位狂士。因為狂，所以不聽邪，不聽勸，好奇心非常強。他徑直闖進神秘的空宅，要一窺究竟。他不怕鬼，不怕狐，長驅直入。看到陌生人，一不驚奇，二不害怕，反而大喊大叫，嚇得青鳳母女趕快回避，獨有一個老頭出來應答。場面是戲劇性的：耿生闖帳，將青鳳一家驚散，未免魯莽唐突；而青鳳一家不打招呼，佔人住宅，亦未免理虧。

聊聊

小說對青鳳的刻畫，非常接近一個人間的女子。青鳳的身上，沒有多少詭異的色彩。和《聊齋志異》中的許多狐女、鬼女不同，她是羞怯的，被動的，一如生活中的大部分少女一樣。如果沒有耿生的死纏爛打、窮追不捨，她和耿生的愛情不會有任何結果。一面是閨訓培養出來的羞怯和拘謹，一面是情竇初開的衝動和憧憬，兩股互相矛盾的力量在心中交戰。叔父痛斥她，青鳳羞懼得無地自容，只是哭泣。後來她已經和耿生生活在一起，依然不敢讓她的叔父知道。她和耿生的相愛，雖然遭到叔叔的反對，但青鳳沒有忘記叔叔的養育之恩：耿生的狂放與青鳳的拘謹互相映襯，使各自的性格更加鮮明。

作者無意將青鳳的叔父塑造成一個可惡的人物。叔父的形象是青鳳形象的必要補充。他具有封建家長的專制作風，但他的反對，也不無道理。正是在他的教育下，青鳳是那樣一種羞怯的、循規蹈矩的性格，內心嚮往着真摯的愛情，但缺乏反抗禮教的勇氣。

而他的妻子則聽之任之，置若罔聞。一夫多妻，嬌妻美妾，則蒲氏之多為男子着想，亦不言而喻。大概在耿生那裏，愛是不需要理由的。耿生性格狂放，與《嬌娜》中的孔生不同。論者常常視《青鳳》為反對禮教的愛情名篇，則耿生即成為衝擊禮教的闖將。其實，耿生的言行很值得推敲。禮教的顧慮雖然沒有，責任和後果也拋到九霄雲外。這裏看不到對女性的尊重，只看到貌的吸引和性的衝動。他只考慮滿足自己的慾望，一點也沒有為女方考慮，不考慮自己的行為將給青鳳造成甚麼後果。雖然青鳳對他有好感，對他的輕薄行為也沒有發怒，但耿生的狂放確實置青鳳於尷尬的境地。當然，耿生確實喜歡青鳳，當老翁責罵青鳳的時候，耿生聽得心如刀割，並挺身而出，承擔一切責任。此後，青鳳一家搬走，而耿生卻沒有忘記青鳳。

故事發展到這裏，也可以結束了，但蒲氏希望有情人終成眷屬。如何解決這個難題呢？蒲氏採用他常用的恩報模式，輕而易舉地衝破了家長的封鎖線。耿生先是救了青鳳，又救了她的叔叔。於是，以前的怨恨全部消失，有情人終成眷屬，皆大歡喜。

嬰寧

卷二 第六篇

王子服是莒縣羅店人，小時候父親就去世了。他非常聰明，十四歲就成了秀才。母親最喜歡他，平時不讓他去郊外玩。聘了蕭家的姑娘，沒嫁過來就去世了，所以一直沒娶。恰好逢上元節，舅舅的兒子吳生邀請他一起出去玩。剛到村外，舅舅家僕人來，招呼吳生回去了。王子服獨自前往，但見出遊的女子非常多，他便乘興遊逛。有一個女郎帶着婢女，手持一枝梅花，容貌漂亮，舉世無雙，笑容可掬。王生目不轉睛地看着人家，竟然忘記了忌諱。女郎過去幾步，回頭對她的婢女說：「看那個男子目光閃閃的，像賊一樣！」接着，將花遺落在地上，跟婢女笑着說着就走了。

王生拾起落花，非常失落，失魂落魄，悶悶不樂地回了家。到家以後，他把花藏在枕頭下面，倒頭就睡，不吃不喝，也不說話。母親見他這樣，非常擔憂。請了和尚、道士來消災去邪，結果病情反而更加地嚴重，急劇地消瘦。醫生診治，開方下藥，王生恍惚，迷迷糊糊。母親問他怎麼回事，他也沉默不語。恰好吳生來，母親便託他悄悄地問問兒子得病的原由。吳生來到王生牀前，王生一見他，潸然淚下。吳生靠近牀前，安慰勸解，漸漸地問起他的心思。王生說出實情，並求吳生想想辦法。吳生笑着說：「你也太癡了！這種事有甚麼難辦的？我會給你去打聽。她徒步在野外行走，必定不是豪門大族。如果她沒有許配人家，事情就好辦了。如果她已經許人，咱們豁出去多花點錢，估計也會同意。只要你身體康復了，這事交給我，沒有問題。」王生聽了，不覺就露出笑容。吳生出屋，告訴王母，打聽女子住在哪裏。

可是，到處探訪，卻是一點線索也沒有。王母非常憂慮，一點辦法沒有。可是，自從吳生走了以後，王生不再發愁，也稍稍進些飲食。幾天後，吳生又來了，王生問他，有甚麼消息沒有。吳生哄他說：「已經找到了。我以爲是甚麼人呢，原來是我姑姑的女兒，也就是你的姨妹，如今還在等着嫁人，雖然近親不便說婚姻的事，但實話實說，諒來沒有不成的道理。」王生聽了，喜上眉梢，問吳生：「她住在哪裏？」吳生瞎編說：「在西南的山裏，離這裏大約有三十多里。」王生又一再地囑託他，吳生痛快地滿口答應，然後離去。

王生因此而漸漸地恢復了飲食，身體也一天天地康復。他一看枕頭底下，花雖然已經枯萎，但還沒有凋落。他一邊凝想，一邊把玩，如同看到了那位女子一樣。他嗔怪吳生不來，便寫信召喚他。吳生藉故推託，不肯來，王生惱怒，悶悶不樂。母親怕他舊病復發，着急爲他策劃婚事，稍稍和他一商量，他就搖頭不肯，只是天天盼着吳生。吳生一點消息都沒有，王生更加的怨恨他。轉念一想，三十里路，也不算遠，何必非得依靠別人呢！他把梅花放在袖裏，賭着氣自己去找，家裏人也不知道。

王生獨自一人，連個問路的人也沒有，只是往南山走去。大約走了三十多里路，只見羣山重疊，翠綠的林木，寂靜無人，只有一條羊腸小徑。遙望山谷的盡頭，叢花亂樹之中，隱隱約約有一個小村落。下山進村，見房屋不多，都是茅草屋，而環境非常幽雅。北面的那一家，門前都是垂柳，院牆裏桃樹杏樹很多，中間夾雜着一些竹子，野鳥鳴叫着飛翔其間。王生猜測那是人家的院子，不敢貿然地闖進去。回看它的對面，有一塊大石，他便就着大石坐下來歇歇。

一會兒，聽得牆裏有個女子，拖長了聲音，呼喊「小榮！」那聲音嬌媚細小。正在那兒聽着呢，忽然看見一女郎由東向西，手持一朵杏花，低頭把花插在自己頭上。抬頭看見王生，於是不再戴花，笑着拈花進屋。仔細一看，那正是上元節那天路上遇到的那位女郎，心中大喜，但又想着沒有甚麼藉口進去，想着以姨媽相稱，卻從未有過來往，怕弄錯了。院內沒人出來，也沒法問，一會兒坐着，一會兒站着，來回走着，從早晨等到黃昏，望眼欲穿，忘記了飢渴。不時地看見那女郎露出半個臉窺看他，好像是奇怪他為何久久地不肯離開。

忽然，有個老婆婆從院裏扶着拐杖出來，問王生說：「你是何處來的郎君？聽說一早就來了，一直呆到現在，打算幹甚麼呢？是不是餓了？」王生趕忙起身作揖，回答說：「想要找親戚呢。」老婆婆耳朵聾，聽不見，王生又大聲說了一遍，老婆婆問：「你的親戚姓甚麼？」王生答不上來。

老婆婆笑了，說：「這就怪了！姓名都不知道，探甚麼親啊？我看郎君也是一個書呆子罷了。不如跟我來，吃點粗茶淡飯，我家有短榻可以躺着休息。等明天早晨回家，把姓名打聽清楚了，再來探訪也不晚。」王生正當飢餓思食，又可藉此接近美人，心中大喜。王生跟着老婆婆進去，只見門內白石砌路，兩邊種着紅花，那花瓣一片片落在台階上。由小路曲裏拐彎向西走，又開一門，只見滿庭的豆棚花架。客人進屋，白壁光亮如鏡，窗外的海棠花枝花朵，伸到屋裏，再看牀褥桌椅，都是潔淨明亮。剛落座，就看見有人從窗外偷偷地向裏窺看。老婆婆喊：「小榮！快去準備飯！」外邊的婢女應聲答應。坐了一會兒，彼此聊起家世。老婆婆問：「郎君的外祖家是不是姓吳？」王生說：「是。」老婆婆驚呼道：「你是我的外甥啊！你母親就是我的妹妹。近年來，因爲家窮，家裏又沒有男孩，這才搞得音訊全無。外甥都已經長這麼大了，還不認識。」王生說：「這次來就是爲了找姨媽，匆忙中忘了姓氏。」老婆婆說：「老身姓秦，沒有生過孩子。現在有個女孩，也是庶出的，她母親改嫁，孩子交給我撫養。資質不笨，但少些教訓，嬉鬧不知憂愁。一會讓她來見你。」

不一會，婢女做好了飯，是一盤肥嫩的小雞。老婆婆勸王生多吃一點。完了，婢女進來收拾餐具。老婆婆吩咐婢女：「去把你寧姑叫來。」婢女應聲去了。過了好久，聽得門外有隱隱約約的笑聲。老婆婆又說：「嬰寧，你姨兄在這裏。」聽得門外有「嗤嗤」的笑聲。婢女將嬰寧推進門來，嬰寧還在捂着嘴，笑個不停，控制不了自己。老婆婆瞪了她一眼，說：「有客人在，還嗤嗤地笑，像個甚麼樣子！」女郎忍住笑，一旁站着，王生向她作揖致禮。老婆婆說：「這是王郎，你姨媽的兒子，一家人還互相不認識，眞是笑話。」王生問：「妹妹多大了？」老婆婆沒聽淸楚，王生又說了一遍。女郎又大笑起來，笑得頭都抬不起來。老婆婆對王生說：「我說她從小缺少教訓，你也看到了吧？都已經十六了，還傻傻的像個小孩似的。」

王生說：「比外甥小一歲。」老婆婆對王生說：「外甥已經十七了，大概是庚午年生，屬馬的吧？」王生點頭答應。老婆婆又問：「外甥媳婦是誰啊？」王生回答說：「還沒有媳婦。」老婆婆說：「像外甥這樣的才貌，爲何十七了還沒有訂婚呢？嬰寧也沒有婆家，你們倆非常相配，可惜是姨表親。」王生沒說話，眼睛只看着嬰寧，沒時間顧得看別的。婢女小聲對嬰寧說：「目光閃閃的，一副賊腔沒改！」

女郎又大笑，回看婢女說：「去看看桃花開了沒有？」便急忙起身，用袖子掩着嘴，邁着小步出去了。到門外，才放聲大笑。老婆婆也起身，叫婢女收拾牀鋪，安置王生的起臥。說：「外甥來一次不容易，理應留住三五天，慢慢送你回家。倘若嫌屋裏太靜太悶，房屋後面有小園子，可以去逛逛，也有書可以讀一讀。」

第二天，王生去房後一轉，果然看到有一個半畝大的園子，小草像地毯一樣鋪着，楊花一片片落在小路上，有三間草屋，爲花木四面環繞。穿過花叢，信步走去，聽見樹上有「沙沙」的聲音。抬頭一看，是嬰寧在樹上。見王生來，大笑着，差一點掉下來。王生說：「別這樣，小心掉下來！」女郎邊笑先下，笑得無法控制自己。快着地的時候，失手掉下來，這才不笑了。王生扶住她，暗中掐了一下她的手腕。女郎又笑起來，靠着樹走不了了，好久才停住。王生等她不笑了，就拿出袖裏的花給她看。女郎把花接過去說：「花都枯了，還留着幹甚麼？」王生說：「這是上元節妹妹遺落在地上的花，我一直保留着。」女郎問：「保留它幹甚麼？」王生說：「以此表示愛戀難忘。自從上元節見到你，相思成病，自己以爲性命難保，將要變作鬼物，沒想到還能見到你。希望你能夠可憐可憐我。」嬰

寧說：「這不算甚麼事。都是至親，有甚麼捨不得的，等郎君走的時候，園裏的花，叫老奴來，摘一大捆，給你背去。」王生說：「妹妹傻呀？」嬰寧說：「傻甚麼？」王生說：「我不是愛花，我是愛拈花的人。」嬰寧說：「親戚友情，愛還用說嗎？」王生說：「我所說的愛，不是親戚之間的愛，而是夫妻之間的那種愛。」嬰寧說：「這有甚麼不同嗎？」王生解釋說：「夫妻之愛，夜裏同牀共枕。」嬰寧低頭尋思了很久，說：「我不習慣和別人一起睡覺。」話沒說完，婢女悄悄地來了，王生惶恐地躲開走了。

過了一會兒，王生與嬰寧在老婆婆屋裏又相遇了。老婆婆問：「你上哪兒去了？」嬰寧說：「在園子裏與哥哥一起說話。」老婆婆問：「飯早就做好，有甚麼話說這麼久？」嬰寧說：「大哥要與我一起睡覺。」話沒說完，王生大爲尷尬，急忙瞪眼止住嬰寧，嬰寧微微一笑，這才不往下說了。幸好老婆婆也沒聽清楚，還在絮絮叨叨地盤問，王生急忙用話打岔，掩蓋過去。王生小聲地責備嬰寧，嬰寧說：「剛才的話，不能說嗎？」王生說：「這是背人的話。」嬰寧說：「背他人可以，難道連老媽也得背嗎？況且睡覺也是平常的事，有甚麼可以避嫌的？」王生眞是恨她的癡，沒有辦法讓她明白。

剛吃完飯，王子服家裏有兩個人牽着毛驢找他來了。原來，他母親見兒子久久不歸，開始懷疑，村裏搜尋個遍，竟沒有一點蹤跡。因而去問吳生。吳生回憶起以前自己說過的話，就讓人去西南山裏去尋尋看。找了幾個村子，沒有找到，這才找到這裏。王生出門，恰好碰上。王生便進去告訴老婆婆，並且請求帶着嬰寧一起回家。老婆婆高興地說：「我早就有這個想法。不是一天兩天的事了。但是我已是風燭殘年，不能遠走，外甥能夠帶着妹妹同去，認識姨媽，這是大好事！」接着就把嬰寧叫來，嬰寧笑着就來了。老婆婆說：「有啥喜事，笑個不停？若是把愛笑的習慣改了，就是一個完美的人。」因而瞪了她一眼。於是對嬰寧說：「你大哥要帶你回家，你可以去收拾一下行裝。」老婆婆又安排酒食，招待王生的家人。然後送他們到門口，說：「你姨家田產豐裕，養得起閒人。到了那裏，別急着回來。學一點詩書禮節，也要好好侍奉公婆。就麻煩你姨媽，幫你找個好丈夫。」於是二人出發。到了山坳，還能依稀地看到老婆婆在靠着門向北眺望呢。

到家後，母親看見兒子帶回一個美女，驚訝地問是誰，王生說是姨家的女兒。母親說：「從前吳郎與你說的話，那是騙你的。我沒有姐姐，哪來的外甥女啊？」又問嬰寧，嬰寧說：「我不是這個老婆婆生的，父親姓秦，他去世時，我還在襁褓中，還不能記事。」母親說：「我有一個姐姐嫁給秦家，確實有這回事。但去世已久，哪能還活着呢？」於是又細細地盤問嬰寧母親的面龐、痣疣的特點，一一符合。又懷疑說：「這就對了。

不過死了很多年了，哪能還活着呢？」正在疑慮的時候，吳生來了。嬰寧躲進內室。吳生問明緣故，迷惘了好久。忽然問道：「這女孩叫嬰寧嗎？」王生說是的。吳生連說怪事。王生問他知道甚麼，吳生便說：「秦家姑姑去世以後，姑父一人獨居，爲狐狸精所迷惑，得病消瘦而死。狐狸精生了一個女孩，名叫嬰寧，用席子包着放在牀上，家裏人都看見了。姑父死以後，狐狸精還常來。後來請天師符貼在牆壁上，狐狸精才帶着嬰寧走了。莫非就是她吧？」大家將信將疑地互相議論着。只聽見內室傳來嬰寧「嗤嗤」的笑聲。母親說：「這女孩也太憨了。」吳生請求見一見嬰寧。王母進入內室，嬰寧依然不管不顧地大笑。王母催她出來見客，嬰寧這才竭力地忍住，又對着牆壁好一會兒，這才出來。她出來以後，對吳生才一拜見，轉身就跑回去了，並放聲大笑。滿屋的婦女都爲之逗樂。

吳生提出讓他前往嬰寧的家裏，一看究竟，以便替他們做媒。吳生找到了那個山村，那裏一間房屋也沒有，只有散落一地的花瓣而已。吳生記得埋葬姑媽的地方，離那兒不遠，但那裏墳墓湮沒，無法辨認，只好詫異地歎息而回。王母懷疑嬰寧是鬼，進屋把吳生的話轉告於她，可是嬰寧一點沒有害怕的意思。又可憐她無家可依的，她也沒有一點悲傷的意思，只是不停地傻笑而已。大家不知她是怎麼回事。王母讓她和小女兒一起生活起居。嬰寧每天早晨就來向王母問安，她做的針線，精巧絕倫。但是特別愛笑，不讓她笑也不行，但笑得很可愛，狂而不影響她的嫵媚，人人都喜歡她。鄰居家的少婦，都爭着要和她交往。

王母選擇了吉日，要爲嬰寧和兒子舉行婚禮，又擔心她終究是一個鬼，便偷偷地在陽光中觀察她，她的身體和影子與常人也沒有甚麼區別。到了吉日，讓嬰寧盛妝行新娘禮，嬰寧大笑，以至於無法彎腰，只好罷了。王生因爲嬰寧太癡，怕她泄露男女房中之事，而嬰寧嚴守房中隱秘，一字不露。每當王母發怒的時候，只要嬰寧來了一笑，就化解了。奴婢有了小小的過失，生怕王母鞭撻處罰，便請求嬰寧求求王母，說說好話，也就免去了責罰。只是嬰寧愛花成癖，親戚家裏有好花，她都要物色來。金釵之類，也被她偷偷地典當出去，購買優良的品種。幾個月以後，院裏連台階，廁所周圍，都種滿了花。

一天晚上，嬰寧對着王生哭泣，王生非常驚訝。嬰寧哭着說：「從前因爲一起生活的日子短，說了怕你害怕驚怪，如今看姑媽和你都非常疼愛我，沒有二心，所以無妨直言相告。我本是狐狸所生，母親臨死前，將我託給鬼母，我們相依爲命十多年，才有了今天。我又沒有兄弟，能夠依靠的也只有你了。我的老媽獨自在山裏，無人可憐，給她合葬，她在九泉之下將遺恨不已。郎君你若不怕麻煩和花錢，使地下的亡人能夠安息，消去怨恨，這樣，以後生養女兒的人才不會忍心溺死和遺棄女兒。」王生答應，但只是擔心墳墓埋沒在荒草之中，不好尋找。嬰寧說不必擔心。

選好了日子，夫妻二人用車拉了棺木前往。嬰寧在迷茫的荒草中，指出墳墓的方位，果然找到了老婆婆的屍體，而且屍體尚且完好。嬰寧撫屍痛哭。把老婆婆的屍體用車子拉回來，又找到秦家的墓地，將他們葬在一起。這天晚上，王生夢見老婆婆來向他表示道謝，醒來以後，他就將此事告訴了嬰寧。嬰寧說：「我夜裏也見到了，還囑咐她不要嚇着你。」王生遺憾沒有請她留下來。嬰寧說：「她是鬼，這裏生人多，陽氣旺，她怎能呆得住？」王生又問起小榮，嬰寧說：「她也是狐狸，最狡黠了。狐母留下她照顧我，常常弄些吃的餵我，所以感激她，心中難忘。昨天問過鬼母，說是已經嫁人了。」從此每遇寒食節，夫妻倆就去秦家的墓地，祭拜從來沒有間斷過。一年後，嬰寧生有一個兒子，這孩子在母親懷裏就不怕生人，見人就笑，大有他母親的風範。

聊聊

人。一個少女的笑，寫得千姿百態，而又無一重複，自然而又輕鬆。作者又寫她對鬼母的深情，「由是歲值寒食，夫妻登秦墓，拜掃無缺」。

作者還有意寫了嬰寧愛花的癖好。這是作者以花喻人，以花襯人。作者有意為嬰寧安排了一個遠離凡俗塵囂而又依然充滿人情味的環境。作者極寫嬰寧的癡，寫嬰寧的愛笑，喜歡花，突出她那近乎「原生態」的單純天真，其中寄託着作者的人生理想。

嬰寧生長在山野，父母早亡，母親臨終前把她託給一位老婆婆。這老婆婆對嬰寧十分愛惜。嬰寧在這樣一種特殊的環境中，沒有多少禮教的束縛，天真爛漫，孜孜憨笑，嬉不知愁。作者特別抓住嬰寧愛笑這一特點，反覆渲染，盡情描寫。嬰寧一出場，便是「拈梅花一朵，容華絕代，笑容可掬」。這是王子服眼睛中的嬰寧，是那個一見鍾情的情人眼睛裏的嬰寧。這還是比較靜止的描寫。看到王子服注目不移的癡狀，嬰寧笑着對婢女說：「這小伙子的目光像賊。」作者抓住嬰寧的天真單純，不明男女之愛為何物，把嬰寧的癡憨，寫得淋漓盡致。有人說，嬰寧的不知男女之事，是裝的，是狡黠的表現。如果是那樣，則嬰寧就不是天真爛漫之人，而變成一個虛偽做作之

阿寶

卷二　第二十八篇

廣西孫子楚是當地一個有名的人物。他手上生有六個指頭。性格迂闊，不善言辭，有人騙他，就信以爲真。有時遇到座中有歌妓，他一定是遠遠地看見就躲開。有人知道他這個脾氣，故意地把他騙來，讓妓女去逗他，他便窘迫臉紅，直紅到脖子，汗珠直淌。大家便以此大笑，拿他取樂。於是，人們就根據他的呆樣，互相傳播，給他取一個綽號，叫「孫癡」。

縣裏有個大富翁，財富可與王侯相比，他的親戚也都是富貴人家。富翁有個女兒，叫阿寶，特別漂亮。近來要物色一位好女婿，大家子弟爭着送上聘禮，又都不合富翁的意。孫子楚當時喪偶，有人趁機作弄他，就勸他去應聘求親。孫子楚一點也不考慮一下自己的身份，真的就去求親。富翁素來知道孫子楚的名氣，卻嫌他太窮。媒婆正要離開富翁家，恰好遇到阿寶，阿寶問媒婆有甚麼事，媒婆就把孫子楚求親的事告訴了她。阿寶開玩笑地說：「他要是能把枝指去掉，我就嫁給他。」媒婆把阿寶的話轉告孫子楚，孫子楚說：「這事不難。」媒婆走了以後，孫子楚用斧子把枝指砍了，痛徹心肺，血流如注，差點兒死去。幾天以後，才能起牀，便去媒婆那兒，把斷去枝指的手給她看。媒婆大驚，跑着去把這事告訴阿寶。阿寶也非常驚訝，開玩笑地讓他再把癡病去掉。孫子楚聽了媒婆傳達的話以後，大聲地自辯，說自己不癡，但又沒有機會向阿寶辯明這件事情。轉而又想，阿寶也未必美若天仙，何必把自己抬得那麼高。於是，從前求親的念頭頓時就冷卻了。

恰好遇到清明節，按當地的習俗，清明這一天婦女們都會出門遊玩。許多輕薄少年也結隊出遊，跟在婦女們的後面，隨意地評頭論足。有幾個孫子楚的同學強拉着他一起去玩。有人戲弄他說：「你不想看看你的意中人嗎？」孫子楚也知道他是跟自己開玩笑，但是，因爲受到阿寶的揶揄，所以也想見一見阿寶，看看她到底長個甚麼樣子，便高興地跟着大家尋覓着。遠遠地看見有位女子在樹下休息，一些無賴子弟圍着看，密密麻麻地像是一堵牆。大家說：「這一定是阿寶。」跑過去一看，果然是阿寶。仔細一看，娟秀美麗，天下無雙。不一會兒，圍的人更多了，阿寶起身，快速地離開了。人們情緒激動，品頭論足，亂哄哄的像是發了狂，獨有孫子楚默默的一句話沒說。待到大家都走散，回頭一看，孫子楚還呆呆地站在那兒，叫他也不答應。大家拉着他說：「你的魂被阿寶勾去了嗎？」孫子楚也沒應聲。眾人知道他平時就迂闊木訥，所以也不以爲怪，有人推他，有人拉他，一起回了家。到家以後，孫子楚就一頭睡倒牀上，一天都沒起來，昏睡如醉，叫他也不醒。家人疑心他的魂丟了，便去曠野招魂[I]，也沒一點效果。使勁拍打他問他，他就含含糊糊地回答說：「我在阿寶家。」再細問的話，他又沉默不語。家裏人都迷惑不解。

起初，孫子楚見阿寶離開，心裏不忍離開，只覺得身子也隨她去了，漸漸地靠近她的衣帶，也沒人呵斥他。他跟着阿寶一起回家，坐着躺着都跟着，晚上就跟她一起睡覺，很是得意。但是，又覺得腹中特別餓，想回家，卻又迷了路。阿寶經常在夢中與人交合，問此人的名字，他說：「我是孫子楚。」阿寶很驚奇，卻又無法與別人說。孫子楚昏睡三天，氣息奄奄，像是要斷氣似的。家裏人非常驚恐，託人委婉地轉告富翁，想去富

I **招魂**
古人認為人體附有精神靈氣，稱之為魂魄。招魂就是把離開了身體、迷途的魂魄召喚回來的儀式。招魂起源非常早，《楚辭》即有《招魂》一章。招魂時，一邊拿着失魂者的衣服、一邊叫着失魂者名字，魂魄便循聲歸來。

翁家替孫子楚招魂。富翁笑笑說：「平時沒甚麼來往，怎麼會把魂丟在我家？」孫家的人苦苦地哀求他，富翁這才同意。巫婆手持孫子楚穿的衣服和草席去富翁家。阿寶問明了原因，非常害怕，沒讓巫婆上別處去，直接把她帶到自己的臥室，聽憑巫婆招呼而去。巫婆回到孫家，孫子楚在牀上已經開始呻吟。醒了以後，阿寶屋裏的梳妝用品，甚麼顏色，甚麼名稱，說得明明白白，一點不錯。阿寶聽說以後，更加地害怕，但心裏也爲他的深情所感動。

孫子楚既已起牀，坐着站着，又想起阿寶來，恍惚之中，好像甚麼都不存在了。每天都要打聽阿寶的動靜，希望能夠再見她一面。浴佛節那天，聽說阿寶將去水月寺燒香，孫子楚一早就起來，在路旁等候着。眼睛都看花了，直到中午的時候，阿寶才來。阿寶在車裏看到孫子楚，用手把簾子掀開，目不轉睛地看着他。孫子楚更加地激動，便尾隨着阿寶而去。

阿寶忽然讓侍女來問孫子楚的姓名，孫子楚急忙通報自己的姓名，他的魂更加地飄盪起來。阿寶的車走了，孫子楚才回家。到家後，孫子楚舊病復發，昏昏沉沉的，不吃不喝，夢中便叫喚阿寶的名字，每每地自恨靈魂不再像上次那麼靈驗。家裏原來養着一隻鸚鵡，忽然死了，小孩在牀邊擺弄着。孫子楚心想，如果能夠變成鸚鵡，振翅便可達到阿寶的身邊。心裏才這麼一想，身子便翩翩然地變成一隻鸚鵡，突然飛起來，到了阿寶的住所。阿寶見到鸚鵡，高興地抓住牠，拴上牠的腳腕，用麻子餵牠。鸚鵡大叫：「姐姐不要鎖我，我是孫子楚！」阿寶嚇一跳，解開繩子，但鸚鵡也不飛走。阿寶對鸚鵡說：「你的深情，我已牢記心中，如今你變成了禽類，禽和人怎麼結成美好的婚姻？」鸚鵡說：「能夠在姐姐的身邊，我已經很知足了。」別人餵牠，牠不吃；只有阿寶親自餵牠，牠才吃。阿寶坐着，他就飛到她的膝上；阿寶躺着，牠就靠在她的牀邊。就這樣的過了三

天。阿寶很可憐他，暗中讓人去孫家看望孫子楚，這才知道孫子楚在家裏僵硬地躺着，已經三天了，只是心頭還有一點熱氣。阿寶發誓說：「郎君如果能夠重新變作人，我誓死嫁給你！」鸚鵡說：「你騙我。」阿寶說：「我一定遵守我的誓言。」不一會，阿寶裹腳，她脫下雙鞋，放在牀下，鸚鵡立即飛下來，銜起鞋子飛去。阿寶叫牠，可鸚鵡已經飛遠了。

阿寶派一個老婦去孫家打探，看到孫子楚已經蘇醒。家裏人看見鸚鵡銜了一雙繡花鞋飛來，鸚鵡落地死去，這才感到非常驚異。孫子楚一醒，就索要那雙繡花鞋，大家不明白其中的緣故。恰好老婦來到，看望孫子楚的情形，問起繡花鞋的下落。孫子楚說：「這是阿寶起誓的信物，請你轉告阿寶，我不會忘記她的金口諾言。」老婦回去，向阿寶匯報情況。阿寶更加地驚異，故意讓婢女把情況透露給母親。母親問明了情況，說：「這年輕人名氣也不錯，只是他窮得像司馬相如[2]一樣。選女婿選了好幾年，

---

2 **司馬相如**

司馬相如（約前179年—前117年），原名司馬長卿，因仰慕戰國時代藺相如而更名。西漢大辭賦家。代表作品為《子虛賦》《上林賦》。他在一次宴會上與卓文君相遇，二人當即連夜私奔，當時司馬相如雖享負盛名，生活卻窮困。

選得這樣的女婿，恐怕會被有權有勢的人恥笑。」阿寶藉口繡鞋落在孫子楚手裏，非孫子楚不嫁，她的父母只好依她。有人把這個消息飛快地傳遞給了孫子楚。孫子楚大喜，病頓時就好了。阿寶的父親打算讓孫子楚入贅，阿寶說：「女婿不能久住岳父家，況且女婿家裏貧窮，住久了會更加讓人看不起。我既然已經答應人家，即便是住草屋，吃野菜也心甘情願。」於是孫子楚親自迎親，以成婚禮，彼此相逢，就像隔世夫妻團圓一樣的歡樂。

孫子楚家自從得了阿寶家的嫁妝以後，稍稍富裕，增加了不少財產。而孫子楚沉迷於讀書，不知管理家務；妻子阿寶卻善於治家理財，也不以雜事打擾丈夫。過了三年，家裏更富裕了。孫子楚忽然得消渴病死了。阿寶痛哭，淚流不止，不吃不睡。勸也不聽，乘着夜晚自縊而死。婢女發現以後，急救醒來，卻依舊不吃不喝。三天後，召集親戚朋友，準備安葬孫子楚，忽然聽見棺材裏有呻吟的聲音。打開一看，孫子楚居然復活了。他說：「死以後見到閻王，因爲我一生樸實誠懇，讓我做部曹。忽然有人報告說：『孫部曹的妻子就要到了。』閻王一查鬼名錄，說：『她這個人還沒到死的時候。』下人說：『她不吃不喝已經三天了。』閻王對我說：『你妻子的節義使人感動，姑且賜你復活吧！』於是就派人給我牽着馬送回來了。」從此以後，孫子楚逐漸地康復。

趕上那年是鄉試，入考以前，一幫少年想作弄他，便一起擬了七個偏僻的題目，把孫子楚引到一個偏僻的地方，騙他說：「這是打通關節搞到的試題，送給你，不要泄密。」孫子楚信了，日夜揣摩，寫成七篇文章。那幫少年得知後，暗中發笑。當時主考官擔心熟悉的題目容易產生抄襲的弊病，所以就力反常規。題紙一發下來，孫子楚一看，正好是自己準備的七篇文章。孫子楚因此而考了鄉試的第一名。第二年，他又中了進士，官

授翰林。皇上對這件奇事也有所耳聞，召他詢問，孫子楚如實具奏，皇上大喜，嘉獎了他。後來又召見阿寶，大加賞賜。

這種取笑和捉弄兩次促成了孫子楚向阿寶的追求，反而成全了他。孫子楚的斷指給了阿寶一次感動。之所以提出去癡的要求，自然也包含着阿寶的疑惑，孫子楚是不是缺心眼？孫子楚差點放棄他的追求。他懷疑阿寶是不是像眾人所說的那麼美。求婚不遂的孫癡，頗有一點狐狸沒吃着葡萄的心態。清明節，又是在眾人的慫恿下，孫子楚欣然前往，真的見到了阿寶，靈魂竟隨阿寶而去。不是倩女離魂，不是杜麗娘離魂，而是孫子楚離魂隨美人而去了。接下來，便是孫子楚魂隨阿寶的大段描寫。

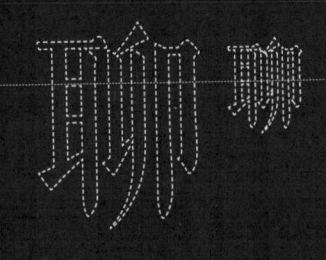

最後的一道障礙來自阿寶的家長，他們承認孫子楚有才，有名，但顧慮孫子楚太窮，富翁家招這麼一個窮女婿招人笑話。但是，阿寶為孫的癡情所感動，鐵心要嫁孫子楚。於是，有情人終成眷屬。

這篇小說將愛的力量形容到極至，得之則生，失之則死，生生死死的癡情終於打動了女子的心。但結尾處孫子楚歪打正着，舉進士，授翰林，平步青雲。這種富貴結局表現出蒲松齡思想的庸俗，也是這位鄉村老秀才一相情願的幻想。

蒲松齡欣賞性情中人，《聊齋志異》中有書癡、石癡、藝癡、酒癡，更多的當然是情癡、情種。《阿寶》這篇作品，就是寫了一個情癡、情種。這篇作品雖以「阿寶」為名，其實描寫的中心是男主角孫子楚，阿寶的文字極少，她只是一個陪襯。而且作者也不去強調她的容貌之美。寫才子和佳人終成眷屬不難，但要寫孫子楚與阿寶成為眷屬卻非常困難。一個大富，一個貧窮，門不當，戶不對。即便孫子楚有相如之才，阿寶亦並非遇到才子就一見鍾情的卓文君。他們成為配偶的機會幾乎就是零。所以，要寫成二人團圓的結局，而又要顯得水到渠成，非常自然，當然是不容易的。故事也就極盡曲折。

一個「癡」字，成為貫穿全篇的要點，也是推動愛情向前發展的動力。無論從社會輿論來看，還是從阿寶家的態度來看，阿寶嫁給孫子楚都是不可能的。

孫子楚癡，所以他常常成為眾人取笑、捉弄的對象，誰知

鬼獄渺茫，
惡人每以自解；
而不知昭昭之禍，
即冥冥之罰也。

公案訴訟篇

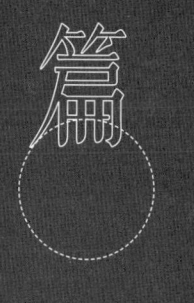

臙脂

卷十　第十五篇

東昌府有個姓卞的牛醫，他有一個女兒，小名臙脂，有才有貌，聰明美麗。父親非常鍾愛她，想把她嫁給名門，而那些世家名門又鄙視牛家的微賤，不屑與其聯姻，因此臙脂到了結婚的年齡卻還沒有成家。卞家的對門住着龔家，妻子王氏性格輕佻而喜歡開玩笑，是臙脂聊天的閨蜜。有一天，臙脂送王氏到門口，看見一個少年從門前走過。穿着白色的衣服，頭上戴着白色的帽子，風采動人。臙脂似乎有點動心，眼光跟隨着那位少年。少年低頭，匆匆走過。已經走遠了，臙脂還在凝望着。王氏看出臙脂的意思，跟她開玩笑說：「以娘子你的才貌，若是能夠配上這樣的人，或許也就不遺憾了。」臙脂紅了臉，羞澀得無話可說。王氏問：「你認識這位美少年嗎？」臙脂說：「不認識。」王氏介紹說：「他是南巷的鄂秋隼，一位秀才，是已故的鄂舉人的兒子。我以前與他家是鄰居，所以認識。世上的男子沒有比他更溫柔的了。他如今穿着白衣服，是因爲他喪偶而喪期尚未結束。娘子如果有這份心意，我可以從中說合，叫他請人來說媒。」臙脂沒說甚麼，王氏笑着離去。

好幾天沒有甚麼消息，臙脂疑心王氏沒空立即就去，又懷疑鄂家是官宦人家的後代，不肯俯就平民人家。臙脂鬱鬱寡歡，徘徊惆悵，苦苦思念，漸漸地不思飲食，臥牀不起。王氏來探望她，問她怎麼得的病。臙脂回答說：「我自己也不知道。只是那天分別以後，就悶悶不樂，現在是苟延殘喘，恐怕不久人世。」王氏小聲對臙脂說：「我家丈夫，出門做生意還沒回來，現在還沒有人去給鄂秀才傳遞消息。姑娘身體不適，是不是因爲這件事情？」臙脂紅着臉，半天沒說話。王氏開玩笑說：「若是眞的爲此，病已經到了這個地步，還有甚麼顧慮？先讓他今晚來一趟，他難道就不肯來？」臙脂說：「事已至此，我也不怕害羞了。若是他不嫌棄我家寒門貧賤，就立即派媒人來，我的病也就好了。若是私下約會，那絕對不行！」王氏點點頭，就走了。

王氏年輕時就與鄰居的書生宿介私通，嫁人以後，宿介只要打聽到王氏的丈夫外出，便來找王氏。這天晚上，恰好宿介來王氏家，王氏就把臙脂的話當作笑話說給宿介聽，並且開玩笑地讓宿介轉告鄂生。宿介早就知道臙脂長得漂亮，聽說此事後，私心竊喜，覺得有機可乘。他想與王氏商量，又怕她嫉妒，就假裝無意的說着，把臙脂家的門徑，打聽得一清二楚。第二天夜晚，宿介翻牆進了牛家，直接到了臙脂的臥室，用手指敲擊窗戶。臙脂在裏面問：「誰？」宿介回答說：「我是鄂生。」臙脂說：「我之所以思念你，是爲了百年好合，不是爲了這一晚上。郎君如果眞心愛我，那就趕快請媒人來說。若說私下相會，我不敢從命。」宿介假裝答應，苦苦哀求，握一握臙脂的手以爲信誓。臙脂不忍過分地拒絕他，勉強地起身，把門打開。宿介急忙進屋，抱住臙脂就要求歡。臙脂無力抵擋，倒在地上，累得氣都喘不過來，宿介趕忙把她拉起來。臙脂說：「哪裏來的惡少，一定不是鄂郎！如果眞是鄂郎，那人温柔，知道我爲他而致病，哪能如此狂暴！要是再這樣，我就喊起來，壞了品行，對我們兩人都沒有好處！」宿介怕事情敗露，不敢再勉強，只好請求下次再見面。臙脂約定在迎親時再見。宿介認爲太遠了，再次提出請求。臙脂討厭他的糾纏，約定在身體康復以後。宿介又要臙脂給他一件信物。臙脂不肯。宿介抓住臙脂的腳，脫下她的繡鞋而去。臙脂叫他回來，對他說：「我已經將身相許，還有甚麼捨不得？只怕畫虎類狗，招致誹謗污名。如今我的繡鞋已經落在你的手中，料想也回不來，你若是負心，我只有一死！」宿介從臙脂家出來，就去了王氏那兒。及至躺下，又心裏放不下那隻繡鞋，偷偷摸了一下衣服，繡鞋沒了。急忙起來點燈，抖抖衣服，四處尋找。王氏問他找甚麼，他不說，又懷疑是王氏把鞋藏了起來。王氏故意笑笑，使得宿介更加的疑心。宿介眼看隱瞞不了，就把實情告訴王氏。說完，他又手持蠟燭，到門外到處尋找，竟沒有找到，只得懊喪地回到屋裏睡下。暗自慶幸深夜無人，繡鞋應該是遺失在路上了。早晨又去尋找，還是沒有。

早先的時候，街巷裏有個叫毛大的人，游手好閒，沒有固定的職業。曾經挑逗王氏而沒有成功，他知道宿介與王氏私通，想捉姦來要脅王氏。那天夜裏，毛大經過王氏家的門前，一推門，發現門沒關，就偷偷摸了進

去。剛到窗外，就覺得踩着一件東西，軟軟的像是棉布，揀起來一看，卻是一條汗巾，裹着一隻繡花鞋。他伏在窗前聽了一會，將宿介說的經過情況聽了個一清二楚，心中大喜，就抽身出來。幾天後，他翻牆進了臙脂家，因爲不熟悉門徑，錯摸到卞牛醫的臥室門前。老頭聽得有動靜，向窗外一看，只見一個男子，看他那詭秘的樣子，知道他是爲臙脂而來。心中憤怒，就持刀衝了出來。毛大吃了一驚，趕緊逃跑。正要爬牆出去，而卞老頭已經追到跟前，毛大無處可逃，回過身來奪下卞老漢的刀。這時，卞老漢的老伴大叫起來，毛大見脫不了身，就把卞老漢殺了。臙脂的病剛剛有所好轉，聽得喧鬧聲，也起了牀。母女一起，點起蠟燭一看，卞老漢腦殼被砍裂，已經說不出話，一會兒就氣絕身亡。母女二人在牆下找到一隻繡鞋，卞氏一看，是臙脂的鞋。逼問臙脂，臙脂哭着說出實情。但又不忍連累王氏，便說是鄂生自己前來。

天亮以後，母女告到縣裏，縣令將鄂生拘捕。鄂生的爲人，謹慎而木訥，才十九歲，見了生人就像小孩一樣羞澀。被捕時，鄂生非常害怕，上了大堂不知如何回答，只是發抖。縣令見他害怕，就更加的信以爲真，對他橫加重刑。鄂生一個書生，受不了刑罰，便自誣殺人。接着押送到郡裏，又像縣裏一樣嚴刑拷打。鄂生滿腔冤氣，常想與臙脂當面對質，待到相遇的時候，臙脂痛罵鄂生，鄂生張口結舌，無法自辯，於是，鄂生便被判處死刑。幾個官員反覆地審訊，供詞都一樣。後來，這個案子交給濟南府複審。

當時吳南岱任濟南的太守，他一見鄂生，懷疑他不像是一個殺人的人，便暗中派人慢慢地盤問他，讓他把實情都說出來。吳公於是更加地相信鄂生是冤枉的。他思考籌劃了好幾天，這才開始審理此案。先問臙脂：「你和鄂生訂約以後，有別人知道這事嗎？」臙脂說：「沒有。」「遇到鄂生時，有旁人在場嗎？」「沒有。」吳公又把鄂生叫上來，好說好話地安慰他。鄂生說：「曾經有一天經過臙脂家的門口，只見我以前的鄰居王氏和一少女出來，我就快步回避，並沒有說一句話。」吳公一聽，便訓斥臙脂：「你剛才說旁邊沒有人，怎麼又出來一個鄰居的女人？」吳公要對臙脂用刑。臙脂懼怕，忙說：「雖然王氏在身邊，這事實在跟她沒關係。」吳公不再審問二人，命人把王氏抓來。幾天後，王氏被抓來，吳公不讓她和臙脂見面，防止她們串供。吳公立即提審王氏。問王氏：「誰是殺人兇手？」吳公騙她說：「臙脂已經招供，誰殺卞牛醫，你都知道，爲甚麼還要隱瞞？」王氏說：「冤枉啊！那淫女自己想男人，我雖然說要給她作媒，不過是開玩笑罷了。她自己招引姦夫進家，我怎麼知道啊！」吳公詳細地審問她，王氏這才說出前後開玩笑的那些話。吳公便把臙脂又提上來，大怒道：「你說她不知情，如今她爲甚麼說曾經給你做媒？」臙脂哭着說：「我自己不爭氣，致使父親慘死，這場官司又不知打到何年，再要連累他人，實在是於心不忍。」吳公又問王氏：「你開玩笑以後，曾經和誰說起過這件事？」王氏說：「沒有和誰說過。」吳公發怒：「夫妻同牀，無話不說，怎麼說沒有？」王氏說：「我丈夫長年在外，沒有回來。」吳公說：「雖然是這麼說，大凡戲弄他人的人，無不嘲笑他人的愚蠢，炫耀自己的聰明，說沒有給別人說過，你騙誰啊？」命人給她上刑，把王氏的十個手指夾起來。王氏沒辦法，只好如實招供：「曾經和宿介說過。」吳公放了鄂生，派人逮捕宿介。宿介到案，自己供稱，不知道殺人的事。吳公說：「晚上與人通姦的人，必定不是好人！」命人施以重刑。宿介自供：「曾經去卞家欺騙臙脂是真事。但是，繡鞋失落以後，就沒敢再去。殺人的事情確實不知情。」吳公大怒：「翻牆的人，甚麼事幹不出來！」命令再施重刑。宿介受不了酷刑，自誣殺人。招供已成，報告上級，沒人不說吳公判案如神。鐵案如山，宿介只有伸着脖子等待秋後處決了。

可宿介雖然行為放縱，品行不好，本是山東有名的才子。他聽說學使施愚山[1]德才兼美，又愛才，所以就寫了一份狀紙，申述冤情，語言沉痛淒苦。施公要來宿介的供詞，反覆細讀思考，一拍桌子叫起來：「這個書生是冤枉的！」施公請求巡撫、按察使把案子交給他重審，獲得批准。施公問宿介：「鞋遺落在哪裏？」宿介說：「忘了。但記得敲王氏家門的時候鞋還在袖裏。」施公轉而問王氏：「宿介以外，還有幾個姦夫？」王氏說：「沒了。」施公說：「淫亂的人，哪能只與一人私通？」王氏說：「我與宿介，自小就認識，所以一直沒有中斷來往。後來不是沒有人來勾引，只是我從未同意。」施公就讓她說出那些勾引者的姓名。王氏說：「街坊裏有個毛大，屢次地勾引我，我都拒絕了。」施公說：「你怎麼忽然變得這麼貞潔？」便叫人抽打她。王氏磕頭，鮮血直流，竭力辯說，確實沒有

I **施愚山**

施閏章（1618年－1683年），號愚山。清初政治家、文學家，以愛才護才而聞名，蒲松齡便曾得其賞識。

他人，施公這才放過她。又追問她：「你丈夫出遠門，難道沒人找個藉口來找你的？」王氏說：「有的。某人某人，都說要借錢送禮之類的，曾經一次兩次地來過我家。」原來某甲某乙某，都是街巷中的二流子，有意於王氏卻沒有表現出來。施學使將這些人的名字都記了下來，把他們都拘捕到案。

人犯都到齊以後，施公帶上人犯，前往城隍廟，命令他們都跪在案前，說：「前幾天我夢見城隍神對我說，殺人的兇手就在你們四五個人中間，如今面對神明，不能說假話。如果肯自首，還可以原諒；若是說假話，一經查出，絕不寬恕！」眾人異口同聲地說沒有殺人。施公將加於頸、手、足的木製刑具放在地上，準備統統用上，將人犯的頭髮都紮起來，扒光衣服，裸着身子，眾人齊聲喊冤。施公說：「既然你們都不肯招供，那就讓神明來指認兇手。」施公派人用氈子褥子把大殿的窗戶全部遮住，一點光都不透，又讓這些人犯光着脊背，將他們趕到黑暗之中，先給他們一盆水，命他們一一把手洗了，用繩子拴住，排在牆下，警告他們：「面對牆壁，不要動。殺人者，神明會在他的脊背上寫字。」不一會，把他們叫過來，一個個地檢查。施公指着毛大說：「這人就是殺人的真兇！」原來施公事前讓人把石灰塗在牆上，又用煙煤水讓他們洗手。殺人者害怕神明來背上寫字，所以將脊背靠着牆。沾上了白灰。臨出來時又用手遮住脊背，又染上了煙煤色。施公本來就懷疑毛大是兇手，至此就更加的確信。於是，施公對毛大施以重刑，毛大說出了實情。施公發下判書，判毛大死刑，並請該縣縣令做臙脂、鄂秀才的媒人。

此案完結後，遠近爭相傳頌。自吳公審問後，臙脂知道鄂秀才被冤枉，偶而堂下相遇，臙脂自覺羞愧，含着淚水，心中的委屈卻說不出來。鄂生感念她眷戀之情，但想到她出身寒微，每日在公堂上被眾人指點，怕

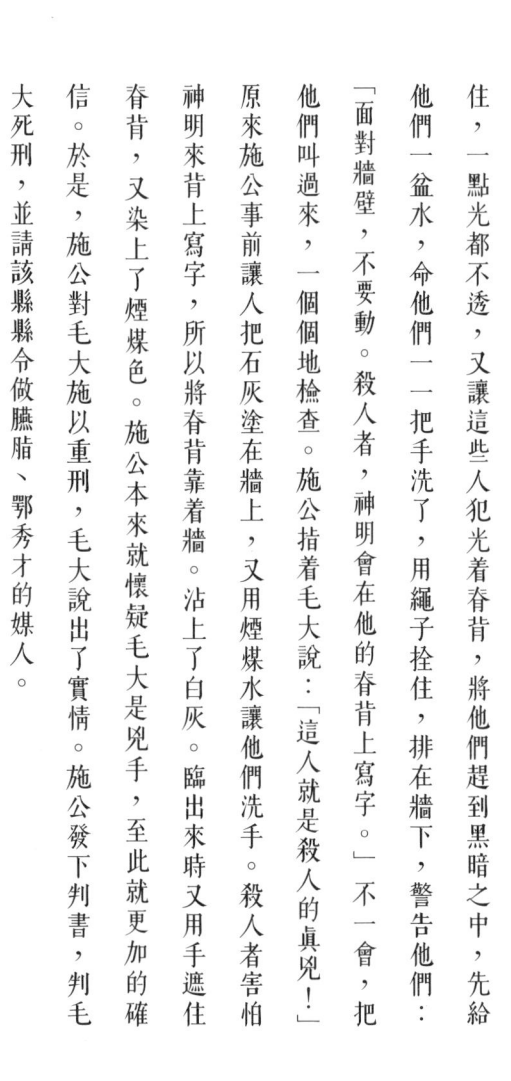

娶她後成爲笑柄，日思夜想也拿不定主意，直至判書發下，鄂生才立定心意。縣令準備了彩禮，替他們辦了喜事。

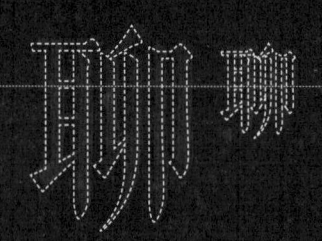

的關鍵。

牛醫卞氏夫婦是第三組人物。是這件兇殺案的受害者。毛大是第四組人物，他是真正的兇手。

作為一篇公案小說，《臙脂》極盡曲折。古代的公案小說，不同於現代的偵探小說。它通常並不以破案作為懸念。罪犯放在明處，讀者知道誰是兇手，不必費心去猜。懸念在人物的命運。封建社會司法制度的弊病，刑訊逼供，重口供，輕證據，主觀武斷，嫌疑犯之缺乏民主權利，任人宰割，均暴露無遺。這樁案件，差一點成為冤案錯案，原因不在貪官，而在官員的草菅人命，瀆職敷衍。其實，根源還在封建社會司法制度的弊病。蒲松齡對當時司法的弊病有很細的觀察，很深的體驗，所以能夠在小說中有那麼深刻而生動的反映。

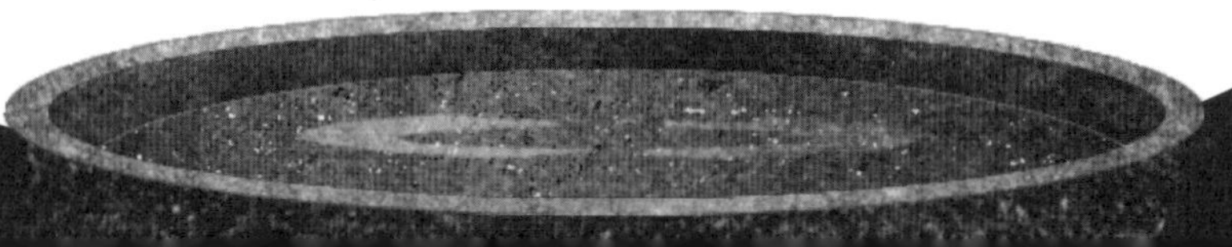

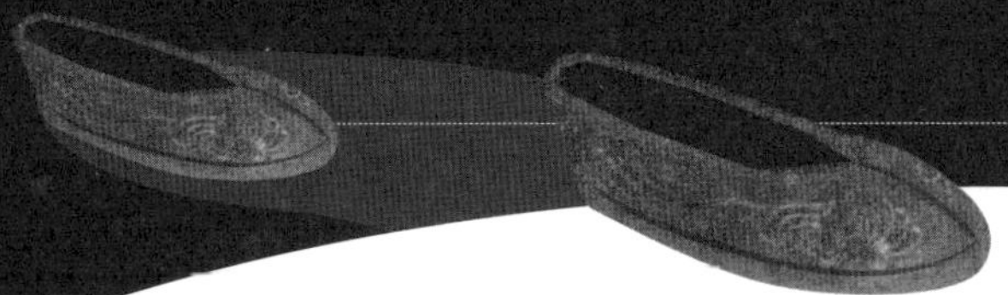

蒲松齡善於寫狐魅花妖，可是，《臙脂》一篇從頭至尾，沒有出現超現實的人物和情節。《臙脂》寫的是愛情加公案。

《臙脂》寫了四組人物，都是案件的相關之人。臙脂和鄂生是一組，是戀愛的兩位主角。其中臙脂是全案的根。全部故事和線索都圍繞着她的命運來展開。鄂生是臙脂意中之人，差一點成為冤案的犧牲品。宿介和王氏是第二組，是此案重要的知情人。其中王氏這一輔助人物的配置在這篇小說的結構中起着不可忽視的作用。作者藉王氏將故事的相關之人連到一起。王氏是臙脂的鄰居，是臙脂的閨蜜。王氏給臙脂介紹了鄂生的情況，又是王氏將臙脂看上鄂生的情況告訴了情夫宿介。而宿介又去討便宜，遭到拒絕。他無意中將揀到的臙脂的繡花鞋丟失，鞋子又被無賴毛大拾去。而毛大又曾挑逗王氏而遭到拒絕。條條線索都通向王氏，弄清王氏的情況實在是破案

促織

卷四　第十篇

明朝宣德年間，宮裏盛行鬥蟋蟀的遊戲，每年都向民間徵收蟋蟀。這東西本來不是陝西的特產，只是有一位華陰縣的縣令想奉承上司，進了一頭蟋蟀，上司試了一下，真的非常厲害，所以朝廷就責令下面年年進貢。縣令又把這件差事交給里正。街市的遊手好閒之徒捉到一頭好的蟋蟀，就用籠子養起來，抬高價格，以爲奇貨可居。鄉里的差役非常狡猾，藉此按人頭加派費用，每次責令上貢一頭蟋蟀，就有幾戶人家傾家蕩產。

縣裏有個叫成名的人，是個童生，爲人迂闊木訥，於是被狡猾的差役看中，上報讓他充當里正這個差事。他想盡辦法，都未能辭去這個職務，不到一年，就把一份小小的家產賠光。恰好又到了徵收蟋蟀的日子，成名不敢按戶攤派，而自己又無法賠償，愁悶萬分，簡直想死。妻子說：「死有甚麼用？不如自己去找找看，或許有一線希望。」成名覺得妻子說得有道理。他早出晚歸，提着竹筒和銅絲籠，在殘壁斷牆，野草叢生的地方，翻開石頭，挖開洞穴，無計不施，卻一無所獲。即便是捉得兩三頭，也是懦弱無力，不合規格。縣令按照期限嚴令追迫，十多天裏，成名被杖責一百，兩腿間膿血淋漓，這下連蟋蟀也捉不成了。成名在牀上輾轉反側，只想自殺。

當時村裏來了一個駝背的巫婆，能夠通過神明預卜吉凶。成名的妻子拿了錢財前去詢問，只見紅妝的少女和白髮的老婦，擠滿了老巫的房屋。

進了屋裏，只看到密室裏窗簾垂掛，窗簾前擺設香案。問者在香爐裏點上香，拜了兩拜。巫婆在一邊朝天禱告，嘴裏一張一合的，也不知說了些甚麼，問者恭敬地站着，聽着。不一會，簾內飛出一張紙，說出求卜者的心事，一絲不差。成名妻子把錢放在香案上，如同前面的人一樣焚香下拜。過了一頓飯的時間，簾子一動，一張紙飛落地上。揀起來一看，不是字，而是一幅畫。中間畫着一座殿閣，有點像是寺廟。後面小山下，怪石亂躺着，叢生的荊棘尖尖的，一頭青麻頭的蟋蟀在那兒趴着，旁邊一隻蛤蟆，像是要跳起來似的。她琢磨了一會，不明白其中的意思，但看見畫着蟋蟀，暗暗地道破心事，就把紙摺疊了收起來，帶回家中給成名看。

成名獲圖，反覆琢磨，難道這張圖是在暗示捕捉蟋蟀的地點？仔細看圖上所描繪的景物，與村東的大佛閣非常相似。於是，他勉強起身，拄着拐杖，拿着那張圖來到寺廟的後面。那兒古墓隆起，沿着陵墓走去，只見

怪石伏臥，活像畫中所描繪的樣子。成名在野草中側耳傾聽，慢慢地向前走，好像是要尋一根針一樣的仔細，他的精神、目力、聽力都要用盡了，卻是沒有見到一點蟋蟀的蹤影。成名繼續地搜尋，忽然，一頭蛤蟆跳了過去，成名更加的驚愕，急忙追過去。蛤蟆跳進草裏，成名撥開野草，跟蹤追尋，只見一隻蟋蟀蹲伏在荆棘的根那兒。成名急忙撲上去，蟋蟀躲進了石洞。成名用尖尖的草棍去撩撥，蟋蟀不出來。他再用竹筒往裏灌水，蟋蟀這才跳了出來。蟋蟀長得很壯偉。成名追上去，捉住牠，仔細一看，這頭蟋蟀很大，長尾，青色的頸項，金色的翅膀。成名大喜，把牠裝在籠子裏，帶回家中。全家慶賀，好像得了價值連城的玉璧一樣。成名把牠放在盆裏養着，用白色的蟹肉、黃色的栗實來餵牠，愛護備至，準備期限一到，就用牠去交差。

成名有一個九歲的兒子，看父親不在的時候，偷偷把盆蓋揭開，誰知那蟋蟀一下就跳了出來，快得都來不及去捉。待到撲到手裏，蟋蟀的腿掉了，肚子也破了，一會兒就死了。兒子害怕，哭着去告訴母親。母親一聽，面如死灰，大罵兒子：「孽種！你的死期到了！你父親回來，自會跟你算帳！」兒子哭着出去了。沒多久，成名到家，聽妻子一說，如同冰雪披身。憤怒地要找兒子，誰知兒子竟不知去了哪裏。接着，在井裏找到了兒子的屍體，滿腔的憤怒又變成了悲傷，呼天搶地，幾乎要死。夫妻倆對着牆，無心做飯，默默地相對坐着，再沒有一點可以指望。天色將晚，他們準備將兒子草草地埋葬。近身一摸，氣息微弱，心中欣喜，把兒子放在牀上，半夜蘇醒過來，夫妻心裏稍稍得些安慰。但蟋蟀籠子裏空了，回頭一看就氣上不來，話也說不出來，也不敢再去追究兒子的過錯，從黃昏到天亮，始終沒有合眼。

太陽已經從東方升起，成名還在牀上呆呆地躺着發愁。忽然，他聽得門外有蟋蟀在叫。他吃驚地起身去看，蟋蟀還在。成名一喜，便去捉牠。蟋蟀一叫就跳了出去，跳得很快。成名用手掌罩住牠，掌中空空的，像是沒有東西。手剛抬起來，牠就跳了出去。成名急忙去追，蟋蟀轉過牆角，失去行蹤。成名徘徊，四處張望，只見蟋蟀蹲伏牆壁之上。成名仔細一看，這頭蟋蟀長得短小，黑紅色，根本不像原來的那頭蟋蟀。成名因爲牠身材短小，看不上牠，只是彷徨張望，要尋找原先的那頭蟋蟀。壁上的那頭小蟋蟀，忽然落在成名的衣襟和袖口之間。成名一看，形狀像是土狗，梅花翅膀，方頭長腿，覺得還不錯，便欣喜地收了起來。想要將牠上貢給官府，又心裏忐忑，恐怕上面不滿意，於是想將牠與別的蟋蟀鬥一下，試試牠的本事。

村裏有一個好事的少年，馴養着一隻蟋蟀，名作「蟹殼青」。天天與別的子弟的蟋蟀鬥，從來沒敗過。想養着賣個好價錢，因爲要價太高，也沒買的。他徑直造訪成名的家，看到成名養的那隻蟋蟀，掩口啞然失笑。接着，他拿出自己的那隻蟋蟀，放進籠子裏。成名一看對方的蟋蟀，那隻蟋蟀形體長大，更加地慚愧，不敢與他較量。少年硬要與他比試。成名心想，養着一隻懦弱無力的東西，終究沒有甚麼用，不如比拼一下，博得一笑，因而將自己的那隻蟋蟀放進鬥蟋蟀的盆裏。小蟋蟀臥伏不動，呆若木雞，少年哈哈大笑。試着用豬鬃毛撩撥牠的鬍鬚，依然不動。少年又笑。屢屢地撩撥，小蟋蟀終於被激怒，直奔對手而去，於是雙方搏鬥起來，振翅長鳴。一會兒，只見小蟋蟀跳起來，張尾伸鬚，徑直咬住了對手的頸項。少年大驚，急忙把雙方分開，讓牠們停止戰鬥。小蟋蟀張開雙翅，驕傲地鳴叫，好像是向主人報喜。成名大喜。兩人正在一起看着玩，忽然來了一隻公雞，上來就啄。成名嚇得站起來大叫。幸好公雞沒有啄中，蟋蟀躍出去有尺把遠，公雞健步向前，追逐逼進，蟋蟀被牠壓在爪子下面。成名倉促之間，不知如何去救，着急頓足，臉色大變。不一會，只見公雞伸長了脖子，像要擺脫甚麼東西，成名近前一看，小蟋蟀落在雞冠上，用力咬住不鬆口。成名更加欣喜，拾起蟋蟀放進籠中。

第二天，成名將蟋蟀上交縣令，縣令見蟋蟀那麼弱小，怒斥成名。成名敘述牠的神異，縣令不信。便讓牠與別的蟋蟀鬥，別的蟋蟀全部敗北。又抓個雞來試，果然與成名說的一樣。於是，縣令賞賜成名，將蟋蟀獻給巡撫。巡撫大喜，把蟋蟀放在金絲籠裏獻給皇上，詳細地描繪牠的能耐。小蟋蟀進宮以後，將全天下進貢的蟋蟀，如「蝴蝶」「螳螂」「油利撻」「青絲額」，統統打敗。每當聽到琴瑟的聲音，小蟋蟀就按着節拍跳起舞來，所以牠越發地惹人喜愛。皇上非常高興，大加讚許，下詔賞賜巡撫名馬、綢緞。巡撫沒有忘本，不久，縣令就得到了政績卓異的考評。縣令高興，免去成名的差役，又叮囑學使，讓成名進了縣學。一年後，成名的兒子康復如前，自己說變化成了蟋蟀，輕捷善鬥，如今方才蘇醒。巡撫也重賞成名。沒幾年，成名家良田百頃，樓閣萬間，牛羊各二百。外出的時候，穿着輕裘，騎着肥馬，比世家大族還要氣派。

〈公案訴訟篇〉

一個圍繞促織的利益鏈。受害的是貧苦無告的百姓。像成名那樣的老實人，攤派百姓，則於心不忍；自己貼補，則無所賠償。作品極寫成名的老實善良，窩囊倒楣，走投無路。這是為下一步的意外之喜蓄勢。果不其然，皇天不負有心人，在一個駝背巫婆的啟示下，成名得到了一頭俊健的促織。由圖索蟲，絕處逢生，真所謂柳暗花明又一村。不料樂極生悲，這樣一頭來之不易、關係着身家性命的促織，卻被好奇的兒子失手弄死。夫妻傷心絕望，陷入絕境。成名由喜極到怒極，由怒極到絕望心死。促織已死，大不了是交不了差。兒子投井，卻讓夫妻

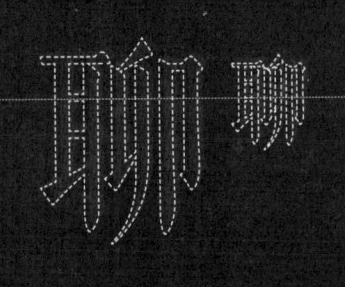

蒲松齡對社會的黑暗，吏治的腐敗，感同身受。身當太平盛世，可是，享受繁榮之果的並非民眾，並非蒲松齡這樣的平民知識份子。蒲松齡的心裏充滿了憤懣抑鬱之情。《促織》就是《聊齋志異》中揭示社會黑暗的名篇。

這篇小說以促織命名，促織是全篇的線索，故事隨着促織的求而不得、得而忽失、失而復得向前發展，人物的喜怒哀樂和成名的命運也隨之沉浮起落。

作品首先簡要地交代了徵繳促織的背景，揭示出從上至下的腐敗：這裏有獻媚上司的縣令，有狡黠的里胥，有遊手好閒的少年，他們構成了

聊聊

全文緊緊抓住人與蟲的對比來展開故事。捉到一隻，就欣喜若狂，舉家慶賀。一旦弄死，就「面色灰死」「如被冰雪」。兒子已死，他的靈魂還要為應付官府的差事而服務，他要變成一頭促織去應差。或是想彌補自己的無心之過給全家帶來的嚴重損失。這就有力地揭示出官差給百姓小民精神上所造成的巨大壓力，寫出人不如蟲的悲劇。成名因為進獻促織而榮華富貴。蒲松齡對弱勢羣體的無限同情，溢於字裏行間。

痛不欲生。家破人亡，成名化怒為悲，情節從高潮一下子跌入第二次低谷。忽然「門外蟲鳴」，事情似乎有了轉機。可惜這頭促織長得很是短小，誰知人不可貌相，蟲子也是不可貌相！小蟲與「蟹殼青」的戰鬥是蒲氏的神來之筆，成名的愧怍和擔憂，少年的輕蔑和漫不經心，均生動如畫。成名的心情隨着小蟲的表現而高低起伏，讀者也隨着這場戰鬥的進行而屏息凝神。在這一個小小的插曲裏，作者也極盡波瀾起伏之能事。小蟲獻上去以後，居然所向披靡，戰無不勝。一系列的獎賞，巡撫、縣令的獲得嘉獎，這顯然是在諷刺整個國家的腐敗。就因為滿足了皇帝聲色犬馬的一點需要，下面的官就可以得到皇帝的獎賞。

冤獄

卷七　第二十七篇

朱生是陽谷縣人，年少輕浮，愛開玩笑。因爲妻子死了，所以去找媒婆。遇到媒婆鄰居的妻子，看她很漂亮，就對媒婆開玩笑說：「剛才看到你的貴鄰居，眞是年輕漂亮，你如果替我做媒，這個人蠻可以的。」媒婆也和他開玩笑說：「請你殺掉她的丈夫，我就替你想辦法。」朱生笑着說：「好的。」

一個月以後，媒婆的鄰居出門討債，在野外被殺。縣令把被害人的鄰居以及同一保甲[1]的人都抓了起來，打得血肉淋漓，逼問口供，一點頭緒都沒有。惟有媒婆說出她與朱生前不久開玩笑的話，縣令因此而懷疑朱生是兇手。於是，將朱生抓了起來。但朱生矢口否認。縣令又懷疑被害人的妻子與朱生私通，便對她施以刑罰，各種刑具都用遍了，鄰婦不堪毒刑，自誣殺人。又審訊朱生，朱生說：「女人細嫩，經不起酷刑，她的招供都是胡說。既然是冤枉而死，又加上不貞的罪名，縱然鬼神不知道，我又於心何忍？我來招供算了：我想殺了她的丈夫再娶她，這都是我幹的，她實在並不知情。」縣令問：「有甚麼證據？」朱生說：「有血衣可做證據。」縣令派人去搜朱生的家，卻沒有找到血衣。又嚴刑拷打，死去活來好幾次。朱生於是說：「這是因爲我母親不忍心拿出血衣而使我被判處死刑，讓我自己去取。」於是，押着朱生回家，朱生對母親說：「給我血衣，我是死；不給我血衣，我也是死。同樣都是死，這樣拖着，還不如早點

1 **保甲**　保甲制度為戶籍管理制度，基本十戶為「甲」，十甲為「保」。

死。」母親悲傷哭泣，進屋好一會兒，取出血衣，交給來人。縣令審查，確是血衣，判決死刑，處以斬首。再三複審，朱生堅持原供。

一年後，朱生行刑的日子定下來了。縣令準備最後再審一次，忽然有個人徑直走上公堂，眼睛瞪着縣令大罵：「你這樣的昏瞶，怎麼能治理百姓！」衙役數十人，想把這個人抓起來，那人振臂一揮，衙役們都跌倒在地。縣令害怕，想要逃跑。那人大聲說：「我是關老爺跟前的周將軍！昏官若是敢動一動，我就把你殺了！」縣令戰戰兢兢地聽着。那人說：「殺人的兇手是宮標，和朱某有甚麼關係！」說完，倒在地上，像是斷氣了。過了一會兒，那人醒了，仍面無人色。問他是誰，原來就是宮標，一拷打，竟悉數招供。

原來宮標素來是個不法之徒，知道被害人討債而回，猜測他身上必定有許多錢，等到殺死以後，才發現被害人身上一點錢也沒有。聽說朱生自

誣殺人，心中暗自慶幸。當天身子進了衙門，自己也不知怎麼一回事。縣令又問朱生，血衣是怎麼來的。朱生也不知道。把朱母找來一問，才知道是朱母割了自己的手臂染上的血。縣令命人檢查她的左胳膊，那刀痕還沒有長好。縣令也感到非常驚訝。後來，縣令因此而被參奏罷官，罰款贖罪，卻在羈留時死在獄中。

一年後，媒婆鄰居的母親想讓媳婦改嫁，媳婦感激朱生的義氣，就嫁給了朱生。

聊聊

他能寫出《冤獄》這樣的小說。

朱生的平反，靠的是神明，這也從反面說明了蒲松齡對法律的失望。

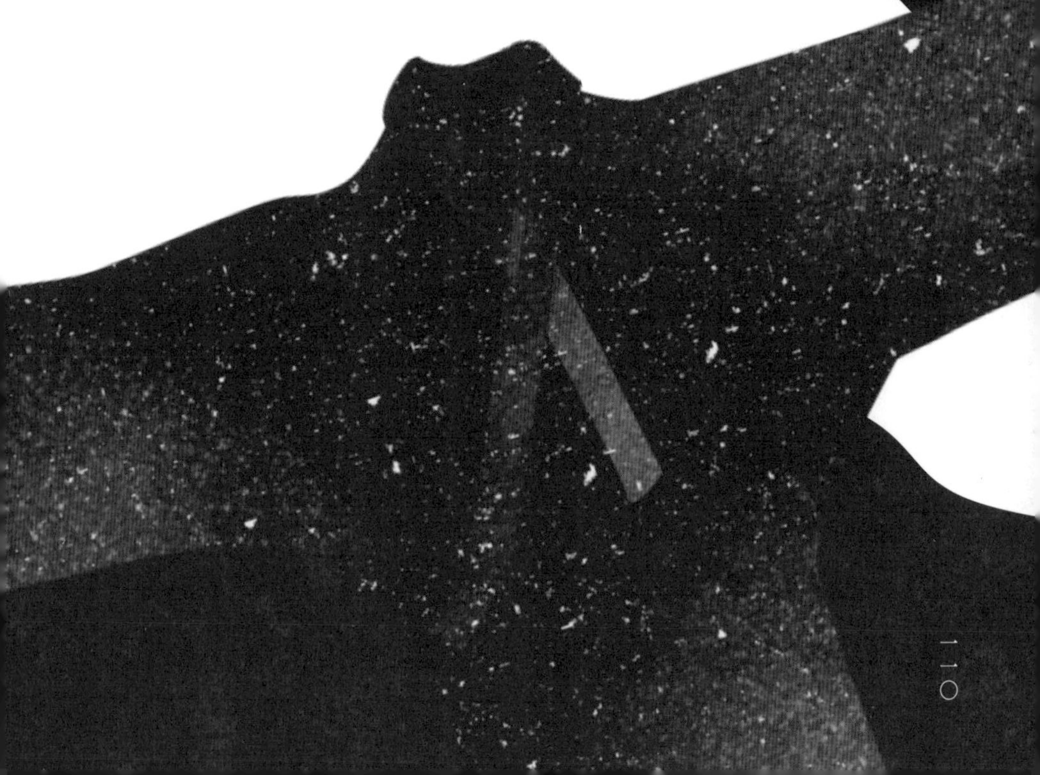

封建社會裏，冤假錯案非常多。原因有很多。刑訊逼供是一個重要的原因。酷刑之下，有甚麼口供得不到呢？朱生自誣殺人，就是因為受不住酷刑的折磨。即便他咬牙不認，他也得被酷刑折磨死。與其活活受罪，不如違心自誣。此時此刻，朱生已經是生不如死。但是，在酷刑面前，朱生表現出人性的光輝。他為了保護無辜者，堅持說媒婆鄰居的妻子並不知情。在死亡的考驗面前，朱生依然在替他人着想。這是非常使人感動的。

官員的昏聵，草菅人命，也是造成冤假錯案的重要原因。人死不能復生，對於死刑，一定要慎重再慎重，可是，昏官敷衍，人命關天的事情，竟然也草率了事，不做深入的調查，不做仔細的推敲。將希望全部寄託於嚴刑拷打。蒲松齡生活在下層民眾之中，對法律的弊病，官員的昏聵無能，刑訊逼供的惡果，百姓的無辜，非常瞭解。對弱勢羣體的同情，使

折獄

卷九　第三十七篇

縣城西崖莊，有一個商人在路上被人殺死。隔了一晚，他的妻子也自縊而死。商人的弟弟向縣裏報案。當時，浙江人費禕祉在淄川當縣令，親自前往去驗屍。只見包袱裏裹着五錢銀子，還在腰裏，知道兇手不是爲財而來。費公將兩村的地保和鄰居傳來，審問一遍，沒有甚麼頭緒。他並沒有用刑，將這些人都放回去，照常務農，只是命令地保仔細偵察，十天報告一次而已。過了半年，事情慢慢地鬆懈下來。商人的弟弟埋怨費公心慈手軟，屢次地到公堂來吵鬧。費公發怒說：「你旣然不能指出兇手的姓名，難道讓我用枷鎖去傷害良民嗎？」將商人的弟弟訓斥一頓，驅逐出去。商人的弟弟冤情無處發泄，憤懣地將哥哥嫂子埋葬。

一天，官府因爲拖欠賦稅而抓來幾個人，其中有一個人叫周成，害怕受到刑罰，上前說自己的錢糧已經籌備足了，立即從腰中取出錢袋，請費公檢驗。費公檢驗完畢，問他：「你家在哪裏？」回答說某村。又問：「離西崖村幾里？」回答說：「五六里。」再問：「去年被殺的商人，是你的甚麼人？」回答說：「不認識。」費公勃然大怒，說：「你殺的人，還說不認識嗎？」周成竭力地辯白，費公不聽，對他嚴刑拷打，他果然招認了殺人的罪行。

原來商人的妻子王氏準備去親戚家，因爲沒有首飾，覺得沒有面子，就嘮嘮叨叨地讓丈夫去鄰居家借。丈夫不肯，妻子就自己去借了來，很是珍惜。回家路上，她把首飾卸下來，裝在錢袋裏，放進袖子。到家以後，發現錢袋丟了。她不敢告訴丈夫，又賠償不起，懊惱得想死。這一天，錢袋恰好被周成揀到，知道是商人的妻子所遺失的，他偷偷看到商人外出，就半夜翻牆進去，想拿着首飾逼迫商人的妻子與其通姦。那天夜晚，天氣濕熱，王氏睡在院子裏，周成悄悄地過去姦污了她。王氏醒來大叫，周成急忙止住她，留下錢袋，而把首飾還給了她。事完以後，婦人叮囑他：「以後不要來了，我家男人厲害，被他發現了，只怕我們都活不成！」周成發怒說：「我拿着夠在妓院玩幾天的錢，怎麼能玩一次就完了！」女人安慰他說：「我不是不願意與你相好，我丈夫常生病，不如慢慢地等他死了。」周成這才去了。於是，他把商人殺了。當天晚上，他就去找王氏，說：「如今你丈夫已被殺，請你履行你的承諾。」王氏聽罷大哭，周成懼怕而逃跑。天亮時，王氏也死了。

費公查得實情，就以周成來抵罪。大家都佩服費公的神明，而不明白他是怎麼查出來的。費公說：「事情不難辦。關鍵是要隨時隨地的留心。當初驗屍的時候，看見錢袋繡着萬字紋，周成的錢袋也一樣，是出於一人之手。等到我審問周成時，他竟說不認識受害者，說話和表情都詭異多變，因此就斷定他是真兇。」

縣裏有個人叫胡成，與馮安是同鄉，兩家世代不和。胡家父子強橫，馮安曲意逢迎討好，但胡成始終不信任他。一天，兩人一起喝酒，略微有點醉，說了些心裏話。胡成說大話：「不用怕窮。百兩銀子的財產不難搞到。」馮安因爲胡家不富裕，就嘲笑他。胡成一本正經地說：「跟你說實話吧。昨天在路上遇到一個富商，帶了很多財物，我把他推落在南山的枯井裏了。」馮安又恥笑他。當時胡成的妹夫鄭倫，託他說合田產的事情，

將幾百兩銀子寄存在胡家，於是，胡成就拿出來，以此向馮安炫耀。馮安信了胡成的話。

酒席散了以後，馮安就暗中寫了狀紙告到官府。費公拘捕了胡成，來與馮安對質。胡成說出實情，問鄭倫和賣田的人，都這麼說。於是，一起到南山的枯井去勘察。放一名衙役下去，果然有一具無頭屍體在井裏。胡成大驚，無法自辯，直說冤枉。費公發怒，讓人打了他幾十個嘴巴，說：「證據確鑿，還要喊冤嗎？」命令用死囚的刑具把他銬起來，又吩咐不要把屍體取出來，只是告示各村，讓死者家屬來認領。

過了一天，有一個婦人遞上狀紙，說：「丈夫白甲外出做生意，被胡成殺死。」費公說：「井裏的死人，未必就是你的丈夫。」但婦人堅持說就是她的丈夫。費公這才命人從井裏取出屍體，一看，果然是她的丈夫。婦人不敢靠近，只是站在那裏哭泣。費公對婦人說：「真兇已經找到，但屍首不完整。你暫時先回去，等我找到屍體的頭，就立刻告訴你，讓胡成給抵命。」於是從監獄裏提出胡成，呵斥他說：「明天不把頭拿來，就打斷你的腿！」派人押着胡成去找，找了一天回來，一問，只是哭泣。於是費公把刑具放在他面前，作出要用刑的樣子，說：「想來你那天夜晚扛着屍體非常匆忙，不知把屍體墜落何處，爲甚麼不仔細尋找？」胡成哀求寬限幾天，容他趕快尋找。費公問婦人：「你有幾個子女？」婦人回答說：「我沒有子女。」又問：「白甲有甚麼親戚？」婦人說：「只有一個堂叔。」費公感歎說：「年輕喪夫，孤苦伶仃如此，怎麼生活啊！」婦人又哭，叩頭請求憐憫。費公說：「殺人案已經確定，只要獲得全屍，就可以結案。結案以後，你就可以再嫁。你一個少婦人家，不要再出入公門。」婦人感動哭泣，叩頭道謝而離去。

費公立即傳票鄉里，讓人代爲尋覓屍體的頭。一天後，就有死者同村的王五，報告說找到了。費公詢問，驗看以後，賞賜王五，給了一千吊錢。把白甲的堂叔叫來，告訴他：「這個大案已經查明，但人命大事，沒有一年的時間是不能結案的。你姪子既然沒有子女，姪媳婦一個少婦也難以生活，可以早早讓她再嫁。以後也沒別的事，如果有上級來複查，只要你來應答就可以了。」白甲的堂叔不肯答應，費公扔下兩支動刑的竹簽。白甲的堂叔還要爭辯，費公又扔下一支竹簽。白甲的堂叔害怕了，答應着出去了。

婦人聽說以後，便來向費公表示感謝。費公極力地安慰她。又宣佈：「誰要娶這個婦人，可以當堂說明。」這話傳下去以後，立即就有人來投狀求婚。原來就是那個找到人頭的王五。費公把婦人叫上來，對她說：「殺人的真兇，你知道嗎?」婦人說：「是胡成。」費公說：「不對。你和王五才是殺人的真兇。」兩人駭怕，竭力稱冤。費公說：「我早就知道案

件的眞相，之所以遲遲地沒有揭發出來，只是怕萬一冤枉了好人。屍體還沒有出井，你怎麼就確信是你的丈夫?原因在於，你事先已經知道他死了。而且白甲死的時候，身上還穿得破破爛爛，哪來的幾百兩銀子？」又對王五說：「人頭在哪裏，你多麼熟悉啊!之所以急着找出來，只是爲了你們可以早早地在一起。」兩人嚇得面如土色，不能狡辯一句。於是，對兩人一起用刑，果然說出實情。原來婦人和王五私通已久，兩人謀殺了婦人的丈夫，恰好胡成開了那樣的玩笑。於是，費公將胡成當庭釋放，馮安因爲誣告他人，被重重地打了一頓，判刑三年。案子了結，沒有對一個人亂用刑罰。

聊聊

當然，按照我們現代的法律觀念，如果費公動不動便用刑，是有問題的。他還是更多地依賴口供。現代的法律，證據為王；古代的法律，口供是王。現代的法律，疑罪從無；古代的法律，無法證明自己無罪就是有罪。但我們無法去苛求古人，相對地看，像費公這樣秉公辦事，認真辦案的官員，已經是難能可貴。

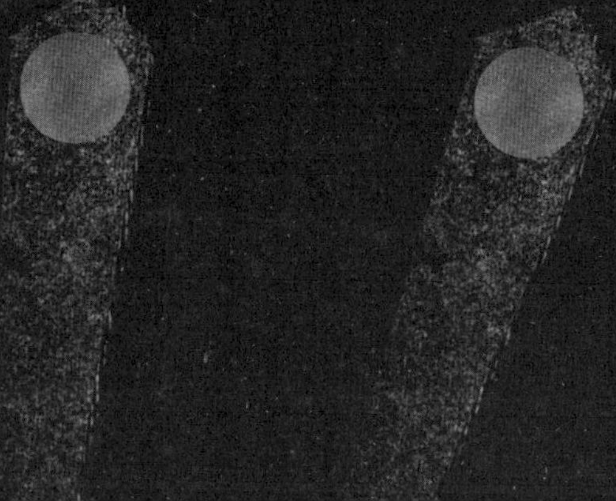

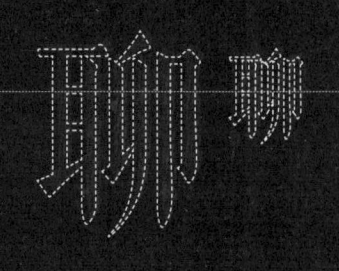

費公的破案，只在心細。今人所謂「細節決定成敗」。他注意到錢袋上的萬字紋，以此為突破口，查獲真兇。注意到屍體沒有出井，婦人就認定死的是她丈夫這一可疑之處。當時沒有高科技的手段可以利用，很大程度上要靠智慧。但是，難能可貴的是費公的仁義。他不去對地保和鄰居刑訊逼供，不迷信棍棒，也不把這些相關的人拘留起來。而在封建社會，這都是非常常見的事情。

夢狼

卷八　第十一篇

白翁是河北人。大兒子白甲，初次到南方去做官，三年沒有消息。恰好有一個與他家有點兒親戚關係的丁某來拜訪，白翁熱情地款待他。丁某常擔任走無常[I]。談話中，白翁便問他一些陰間的事情。丁某的回答非常虛幻，白翁不太信，一笑了之。

分別以後數天，白翁正躺着，見丁某又來了，邀請他一起去玩。白翁隨他而去，進了一座城池。過了一會兒，丁某指着一扇門說：「這裏是

I **無常**　無常，是陰間派來陽間的陰差，負責接引人死後的鬼魂到陰間，聽候審判。走無常是指活人被冥府委任為無常，在當陰差時死去，完成工作後便復活回到陽間。

你外甥家。」當時白翁的姐姐有兒子在山西當縣官，就驚訝地問：「怎麼會在這裏？」丁某說：「你若是不信，進去看看就知道了。」白翁進去，果然看見了外甥，穿着官服，戴着官帽，坐在大堂上。執戟打旗的衙役們站在兩邊，沒有人上前通報。丁某拉他出來，對他說：「你公子的衙署離這裏不遠，想去看看嗎？」白翁表示同意。不一會，來到一座府第，丁某說：「進去吧！」往門裏一看，只見一隻大狼擋在路上，白翁非常懼怕，不敢進去。丁某又說：「進去吧！」又進一門，只見堂上、堂下、坐着的、躺着的，全是狼。再看台階上，白骨堆積如山，白翁更加的恐懼。丁某就用身體保護着白翁往裏進。這時候，白翁的兒子白甲正好從裏面出來，看見父親和丁某，非常高興。坐了一會兒，喊下人去備辦酒席。忽然見一隻大狼，叼了一個死人進來，白翁顫抖着起身，問：「這是幹甚麼？」白甲說：「暫且用來做點兒菜。」白翁急忙阻止他。心裏惶恐不安，想告

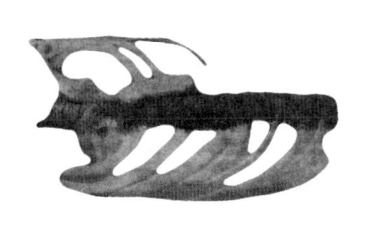

辭出來，但一羣狠擋住了去路。白翁進退不得，不知如何是好。

忽然看見羣狠紛紛地嚎叫着四散逃避，有的竄到牀下，有的臥伏在桌下。白翁驚愕，不明白其中的緣故。一會兒，有兩個穿金甲的猛士瞪眼闖了進來，拿出一條黑繩把白甲綁了起來。白甲撲在地上，變成一隻老虎，牙齒尖尖的。一個猛士拿出利劍，要砍白甲的頭；另一個猛士說：「不要，不要，殺牠是明年四月間的事情，不如先把牠的牙敲掉。」於是拿出一把大錘敲老虎的牙齒。牙齒一個個地落在地上。老虎大吼，吼聲震盪山谷。白翁大驚，忽然驚醒，這才知道自己是在夢裏。心裏感到非常奇怪，就派人去招丁某，而丁某推辭不來。

白翁把這個夢記錄下來，寫在信裏，讓二兒子去送給白甲，信中對他勸戒，很是悲哀懇切。二兒子到了白甲那兒，看見白甲門牙都掉了，害怕地問他怎麼回事，白甲說是喝醉以後從馬上掉下來磕的。推算時間，正是父親做夢的那一天。二兒子更加的害怕，就拿出父親的信給白甲，白甲讀了臉色大變，解釋說：「這是夢中所見恰好與實事符合，不必驚怪。」當時白甲正在賄賂當權的人物，以求得保薦，所以沒把父親信中所說的怪夢放在心上。弟弟住了幾天，只見滿堂盡是害民的衙役，行賄說情的，到半夜還來往不絕。弟弟哭泣着勸諫哥哥，不要這麼做。白甲對弟弟說：「弟弟每天住在草屋裏，不瞭解官場的訣竅。決定升降的權力，在上司不在百姓。上司喜歡，就是好官。只是愛百姓，有甚麼辦法讓上司喜歡你呢？」弟弟知道勸說不了他，就回家了，把情況告訴了父親。白翁聽了，大哭，沒有辦法，只有拿出家產救濟窮人，每天禱告神明，只求逆子受到的報應，不要牽連到老婆孩子。

第二年，有人告知說，白甲因爲有人薦舉，當上了吏部尚書，來慶賀的人非常之多，白翁只是歎息，躺在牀上，推託有病，謝客不見。不久，聽說白甲在回家的路上遇到強盜，與僕人一起喪命。白翁這才起牀，對人說：「鬼神發怒，只報應他一個人，保佑我家的恩德不可說不厚。」因此燒香表示感謝。前來安慰白翁的人，都說消息是道路誤傳，只有白翁深信不疑。而白甲確實沒死。

原來四月間，白甲解任赴京，剛離開縣境，就遇到了強盜，白甲把隨身的財物都給他們。強盜們說：「我們來，是爲一縣的百姓伸冤泄憤，豈是爲了這點財物？」於是砍下了白甲的頭。又問白甲的家人：「誰是叫司大成的？」司大成是白甲的心腹，是一個助紂爲虐的人。家人指認出來，強盜把司大成也殺了。還有四個平時殘害百姓的衙役，是爲白甲聚斂財富的人，白甲準備帶他們一起進京。也被搜出來一起殺了。這才把白甲的財物分開，裝在幾個口袋裏，飛馳而去。白甲的靈魂伏在路旁，看見一個縣官模樣的人過去，問：「被殺的是甚麼人？」前面開路的人說：「是某縣的白知縣。」那官說：「這是白某的兒子，不應讓老人看見如此兇殘的模樣，應該把他的頭接上。」這時候，就有一個人將白甲的頭放在脖子上，說：「邪人不要讓他的腦袋放正了，讓他的肩膀接着就行了。」接完頭就走了。

過了一會兒，白甲蘇醒過來。妻子去收屍，見白甲還有一口氣，用車拉了回去。慢慢地灌了點水，也能喝下去，只是寄住在旅店，窮得回不了家。過了半年左右，白翁才獲得確切的消息，派二兒子把他帶回來。白甲雖然復活了，但因爲頭按歪了，眼睛能看到自己的後背，人們已經不把他當人看。白翁姐姐的兒子爲官清廉，這一年被任命爲御史，完全與白翁夢中所見符合。

聊聊

蒲松齡對殺死白甲的強盜顯然充滿了同情，因為這些強盜正是被白甲逼上梁山，不得已而落草為寇的。

在這裏，作者把白翁的仁慈與大兒子白甲的兇殘作了對比，更加突出了貪官的不得人心。

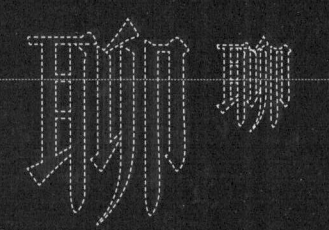

蒲松齡對於貪官污吏，極為痛恨，也極為鄙視。他把官吏和衙役想像成一羣惡狼，他們吃百姓的肉，喝百姓的血，也為百姓所仇視。白甲的一番話道出了其中的秘密：「決定升降的權力，在上司不在百姓。上司喜歡，就是好官。」官是上司給的，不是百姓選出來的。上司可以把官給人，也可以把官拿掉，所以各級官員只對上司負責，不對百姓負責。

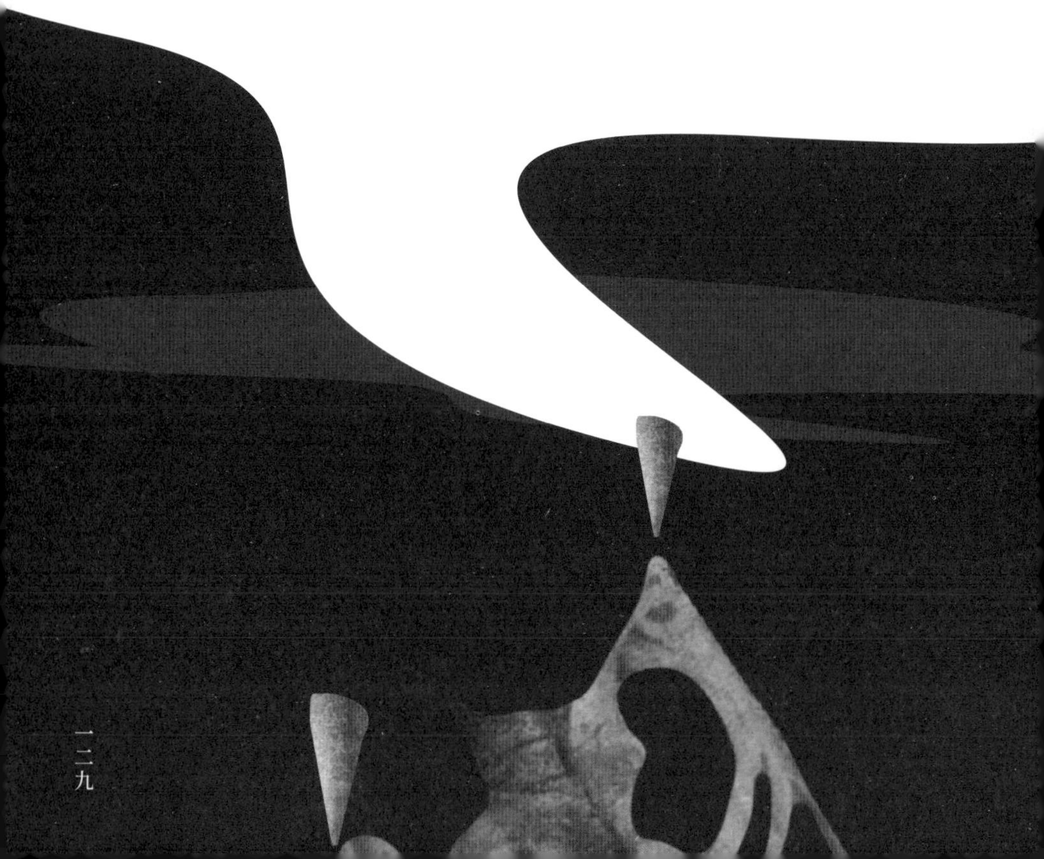

席方平

卷十　第十二篇

席方平是湖南東安人，他的父親名廉，性格憨直迂闊。因故而與街坊中姓羊的富人有仇嫌。姓羊的先死，幾年後，席廉病危，對人說：「羊某如今賄賂了陰間的差役，正打我呢！」不一會，身體紅腫，慘叫而死。席方平悲痛得吃不下飯，說：「我父親樸實木訥，如今被強橫的惡鬼欺凌，我將赴陰間替他伸冤。」席方平從此不再說話，一會兒坐，一會兒站，像是傻了一樣，因為他的靈魂已經離開了身體。

席方平覺得自己剛出家門時，不知道上哪兒能夠找到父親，只要在路上見到甚麼人，就向他打聽城池在哪裏。沒多久，他進了城。他的父親已經被關進監獄。到了監獄門口，遠遠地看見父親躺在屋檐下，樣子很狠狽。抬頭看見席方平，眼淚直流，他對兒子說：「獄吏都受了賄賂，日夜拷打我，兩腿已經打得很厲害了！」席方平大怒，大罵獄吏：「我的父親如果有罪，自有王法，豈是你們這些死鬼所能隨便操縱！」於是，他出來，抽出筆來寫好狀詞。恰好城隍神早上升衙，席方平喊冤，投上狀紙。羊氏懼怕，把衙門內外都買通了，才出來與席方平對質。城隍I說席方平的上訴沒有根據，不向着席方平。席方平一口冤氣無處發泄，連夜走了一百多里，到了郡府，將城隍官吏營私舞弊的情況上告郡司。郡司拖了半個月，方才受理此案。郡司將他打了一頓，將案子發回城隍複審。席方平被押回城隍那裏，受遍酷刑，悲慘的冤情得不到申訴。城隍怕他繼續上

I **城隍** 城隍，又稱城隍爺、城隍爺公、城隍老爺或城隍尊神。城隍原意是「城牆」與「護城河」的意思，後來演變為城池的守護神，在明清以後，城隍成為陰間的一種官職，負責死者亡靈的審判、管理孤魂野鬼和移送亡靈等職務，也兼管陽間百姓一生善惡的記錄以及保護本城百姓。各地的城隍可由不同的人出任，甚至可以由當地老百姓自行選出，殉國而死的忠烈之士，或正直聰明的歷史人物，也都可以擔任城隍。

告，就派差役押送他回家。

差役將席方平送到門口就離去了，席方平不肯進門，又偷偷趕赴冥府[2]上，控訴郡司和城隍的貪婪慘酷。閻王將郡司和城隍都拘來，與席方平對質。兩個官秘密地派遣心腹，來和席方平說和，答應給他一千兩銀子，席方平不理。幾天後，旅店的店主對席方平說：「你賭氣賭得太過分了，官府與你求和，你固執不聽，如今聽說郡司和城隍都給閻王送了禮，恐怕你的事有點不妙。」席方平認為是道聽塗說，不太相信。不多會兒，穿黑衣的衙役來叫他過堂。一上堂，只見閻王面有怒色，還沒聽席方平說話，就命人把他拉下去打了二十板子。席方平厲聲問：「小人犯了甚麼罪？」閻王面無表情，像沒聽見一樣。席方平挨着板子，大喊：「挨板子是應該的，誰讓我沒錢呢！」閻王更加惱怒，命人攏下火牀。兩個鬼把席方平拉下去，只見東邊台階下有鐵牀，下面烈火熊熊，牀面燒得通紅。鬼

2 **冥府** 冥府，即閻王府。閻王又稱冥王，是主宰冥府的大王，民間一般稱為閻羅王，或稱閻王。中國原本沒有閻羅王的觀念。閻羅王源自印度神話中管理陰間的大王，傳說他屬下有十八個判官，分管十八層地獄。隨着佛教傳入中國，閻羅王開始在中國流行起來，而且逐漸演變成為十殿閻王。

脫下席方平的衣服，將他扔在牀上，反覆地按揉。席方平疼痛至極，骨肉焦爛燒黑，痛得恨不得馬上死去。大約有一個時辰，小鬼說：「可以了。」於是，把席方平扶起來，催促他從火牀上下來，穿上衣服。幸好還能一顛一顛地行走。重又到了大堂，閻王問他：「你還敢再告狀嗎？」席方平回答說：「大冤未得伸雪，我的心就不會死，若是說不再告狀，那是騙你。一定會繼續上告！」閻王問：「你想告甚麼？」席方平說：「我親身經歷的事情，都要上告。」閻王發怒，命人將他鋸解。兩個鬼將席方平拉出去，只見有一根立柱，有八九尺高。下邊有兩塊木板，向上豎立着。上下凝血模糊。正在捆綁的時候，堂上忽然又大喊席方平的名字。兩個小鬼又將席方平押回。

閻王問：「你還敢告狀嗎？」席方平回答說：「我一定要告！」閻王命趕快押去鋸開。下去以後，小鬼用兩塊木板把席方平夾住，再綁在立柱上。鋸子剛鋸下去，席方平只覺得腦殼漸漸地被分開，痛不可忍，但強忍着不叫喊。只聽得小鬼說：「這漢子真了不起！」鋸子「呼隆呼隆」的，不一會就鋸到了胸口。又聽見另一個小鬼說：「這個人非常孝，又沒罪，我們把鋸子偏一點，不要傷他的心臟。」席方平因此而覺得鋸子歪斜着往下走，更加的疼痛無比。不一會兒，身子被鋸成了兩半。繩子一解開，兩個半邊的身子都倒在地上。小鬼上堂，大聲地報告。堂上傳話下來，讓把席方平的身體合上再押上大堂。兩個小鬼便將兩邊身子推在一起，拉着他走。席方平覺得那一道鋸縫疼得像要重新裂開，剛走了半步就摔倒了。一個小鬼從腰裏取出一條絲帶遞給他，說：「送你一條絲帶，算是表彰你的孝心。」席方平接過來繫在腰上，頓時覺得身子矯健，沒有一點痛苦。於是上堂跪下。閻王再次問他是否還要再告，席方平怕再次遭受酷刑殘害，便回答說：「不告了。」閻王立即命令，將他送回陽間。

3 **灌口二郎**

灌口二郎，也稱二郎神。二郎神是何許人，向來說法不一，有說二郎神是秦時李冰，蜀中灌口（在四川灌縣）有二郎廟，因李冰開發水利有功，蜀人立廟祭祀，後來逐漸被神化，演變成川主（二郎神）。另一說是二郎神就是楊二郎楊戩，玉皇大帝的外甥。

差役們押着席方平出了北門，給他指點了回家的路，轉身就回去了。席方平想着陰間的黑暗更是超過了陽間，無奈沒有辦法使玉皇知道這些情況。世人傳說灌口二郎[3]是玉皇[4]的親戚，爲神聰明正直，上他那裏告狀，應該會靈驗。席方平心中慶幸兩個鬼卒已經離去，就轉身向南。正在奔跑中間，有兩人追來，說：「閻王懷疑你不回家，如今果不其然。」於是，把他抓住，拉回去再見閻王。席方平心想，閻王必定會更加的惱怒，受罪必定會更加的慘烈。沒想到，閻王沒有一點怒容，對席方平說：「你確實非常孝順，但是，你父親的冤屈，我已經替他昭雪。如今他已經投胎到富貴人家，哪裏還需要你大聲喊冤呢？現在送你回家，給你千金財產，百年的壽命，你的願望可以滿足了吧？」說完，就在生死簿上寫上，蓋上大印，讓席方平親自看過。席方平道謝下堂。小鬼跟他一起出門，在路上一邊驅趕着他，一邊罵他：「你這奸滑的賊！頻頻地反覆，讓人奔波累

4 **玉皇** 玉皇大帝，即天庭的皇帝，是地位最高的神之一。又稱玉帝、玉皇、玉皇大天尊玄穹高上帝等，名稱繁複，其傳說在道教與民間俗信兩者之間也不盡相同。

死！若是再要這樣，我們就把你放進大磨，細細地磨死你！」席方平瞪眼斥責小鬼：「你們這幫小鬼想幹甚麼！我天生不怕刀鋸，就是受不了鞭撻打板子。請你們帶我回去，再見閻王。閻王如果下令，讓我自己回家，又何必麻煩你們送我！」於是就轉身向陰間跑。兩個小鬼害怕，又好說歹說，勸席方平回家。席方平故意磨蹭，走幾步，就在路邊歇一會。兩個小鬼敢怒而不敢言。

大約走了半天，到了一個村子。有一個人家，門半開着。小鬼拉席方平一起坐下。席方平便坐在門檻上。小鬼乘他不備，就把他推進門去。席方平驚魂稍定，才發現自己已經變成一個嬰兒。他憤怒啼哭，不吃奶，三天就夭折了。他的靈魂飄盪着，念念不忘要去灌口。大約跑了幾十里路，忽然看見來了一輛彩色裝飾的車子，旗幟和門槍橫行路上。他穿過道路，想躲避車隊，因爲衝撞了儀仗被前面的士兵抓住，押送到車前。抬頭看見

車裏有一位年輕人，儀表堂堂，非常魁偉。那人問他：「你是甚麼人？」席方平正好一腔冤憤無所發泄，又料想此人一定是個大官，或許能夠有點權力，因此就詳細地訴說了自己慘痛蒙冤的經歷。車裏的那人下令給他鬆綁，讓他跟着車隊隨行。不一會兒，到了一個地方，只見十幾個官員，在路邊迎接，車裏的那人一一地打了招呼。接着，他指着一位官員說：「這是一個下方的人，正要到你那裏去告狀，應該馬上給他判明是非。」席方平詢問一下侍從，這才知道車裏的年輕人是玉皇的皇子九王爺，他囑咐的官員就是二郎神。席方平看二郎神，身材修長，鬍鬚很多，和世間傳說的不太一樣。

九王爺走了以後，席方平跟着二郎神到了一個官府，就看到他父親和衙役都在。不一會，因車裏又出來幾個囚犯，正是閻王、郡司和城隍。當堂對質，證明席方平所說的俱是事實。三個冥官嚇得戰戰兢兢，就像伏在地上的老鼠。二郎神提起筆來，立即判決。沒多久，傳下判詞，命令案中相關之人都來觀看。判詞如下：

查得閻王、擔任地府的王爵，身受玉帝的恩賜。本應廉潔奉公，成爲臣僚的榜樣，不應當貪贓枉法，招來非議。卻是耀武揚威，徒然地炫耀自己官爵的尊貴，狠毒貪婪，竟然玷污人臣的名節。斧砍刀削，婦幼被敲骨吸髓的刻剝；像鯨吞魚、魚吃蝦，百姓的生命像螻蟻一樣的可憐。應該舀起西江的水來爲你洗洗腸子；燒紅東牆的鐵牀，請你自己嘗嘗酷刑的滋味。

城隍、郡司，身爲百姓的父母官，奉天帝之命來管理百姓。雖然官職低微，也應盡心盡力，不辭辛苦；即便遇到上司的威逼，有志氣者，也應該堅持原則。而你們卻上下勾結，像是兇惡的猛禽，不念想百姓的貧困，而是飛揚跋扈，像是狡猾的猴子，連瘦弱的餓鬼也不肯放過。只知道貪贓枉法，眞是人面獸心的東西！眞應該將你們剔骨髓，刮毛髮，暫且處以陰間的極刑；應該剝去人皮，換上獸皮，轉世投胎，變成畜生。

差役，既然在陰間承差，就不是人類。只應該在衙門裏做些好事，或許還能夠轉世爲人。爲甚麼要在苦海中興風作浪，更造下彌天大罪？飛揚跋扈，一張狗臉，像是蒙上了六月的冰霜；橫衝直撞，大喊大叫，像猛虎一樣，攔住了交通大道。在陰間大發淫威，使人們都知道獄吏的尊貴；替昏官助紂爲虐，使人們像害怕屠伯一樣地害怕昏官。應該在法場內，剝去你們的四肢，再扔到湯鍋裏，撈出你們的筋骨。

羊某，爲富不仁，狡猾奸詐。用金錢的光芒籠罩地府，使閻王殿上，全是陰霾；銅臭熏天，使得枉死城裏，看不到日月的光芒。殘餘的腥氣猶能役使鬼神，力量大得簡直可以通神。應該抄沒羊某的家產，以獎賞席某的孝順。這些人犯立即押往泰山處決。

二郎神又對席廉說：「念你兒子孝順，你本性善良懦弱，可以再賜你三十六年陽壽。」於是派人把父子二人送回家裏。席方平將判詞抄下來，父子二人在途中拜讀。到家後，席方平先蘇醒，讓家人開棺看他的父親，發現屍體還是冰冷的。等了一天，逐漸地溫暖而活過來。待到想要找那份判詞來看，卻再也找不到了。從此，家境一天比一天富裕，三年間，良田遍地。而羊家子孫衰敗，他家的樓閣田產，都變為席家所有。有鄉人要買羊家的田，夜裏就夢見神人斥責：「這是席家的東西，你怎麼能夠擁有！」這人起初還不太相信，等到耕作以後，一年下來，顆粒無收。於是又賣給席家。席方平的父親九十多歲才去世。

聊聊

席方平

報仇伸冤，共告狀四次。

第一次告狀，告到城隍那裏。「自有王章」的幻想支持着席方平。他對法律的腐敗，估計不足，不知這潭渾水的深淺，以為法律豈能被人操縱。誰知道，城隍上下受了賄賂，金錢擊敗了法律，法律成為擺設。法律需要證據，這本來沒有錯；但是，需要證據也可以成為貪官污吏對付弱勢羣體的擋箭牌。城隍、郡司只知道要錢，他們不去搜集證據，不去調查情況，用一句缺乏證據就把席方平拒之門外。

第二次，告到郡司。郡司高了一級，將狀紙退回下級處理，城隍自然是加倍地報復他。陰間這種官官相護的黑暗，自然很容易使人聯想到人間的黑暗。古代的百姓，喜歡把陰間，美化為伸張正義的道德法庭，似乎那裏比人間公平。但蒲松齡的《席方平》告訴我們，陰間的黑暗與人間毫無二致。那裏也是一樣的墨吏貪官，一樣的賄賂橫行。同幾千年的封建社會，不知發生了多少冤假錯案；官吏的刑訊逼供、草菅人命，不知造成多少冤魂。蒲氏一生生活在草民之中，對百姓的冤苦，體會甚深，對弱勢羣體的悲慘遭遇，充滿同情。他通過席方平為伸父冤，魂赴冥府，與城隍，與郡司，與閻王抗爭的故事，替無告的百姓一抒其憤懣不平之情。作者藉鬼神世界，揭露了封建官吏與豪紳惡霸狼狽為奸，上下勾結，官官相護，凌辱百姓的殘酷現實，讚揚了席方平萬劫不移的反抗精神。

和鋼鐵意志寫到極致。地獄的種種酷刑，在佛教的典籍裏多有渲染描寫；但蒲氏又加以生發，在細節的描寫中滲入生活的經驗，加強了超現實描寫的「真實性」。火牀的「上下血肉模糊」，是細節的描寫，「席覺鋸縫一道，痛欲復裂」，是利用了人們對傷口的生活體驗。

三次告狀的失敗，使席方平對陰間的幻想完全破滅；所以他改變策略，欺騙閻王，表示自己放棄了上訴的想法。準備到二郎神那裏去告狀。第四次告狀的過程更為曲折。他的冤魂終於找到灌口的二郎神，伸冤報仇。閻王、郡司、城隍，「三官戰慄，狀如伏鼠」。作者並不在高潮之處一味地追求緊張，而是根據生活矛盾變化的複雜性，豐富性，設置曲折的情節，以造成跌宕起伏的藝術效果。情節的發展成為性格發展的歷史。情節的螺旋式的美決定於席方平的性格。席方平不屈不撓，剛烈頑強，這種萬劫不回的反抗性格，推動了情節的螺旋式前進。

樣是「衙門口兒八字開，有理無錢莫進來」。城隍看到郡司的批覆以後，法外施刑，以打擊其進一步上訴的勇氣。並且強行將席方平押回陽間。

席方平並不甘心，又告到閻王那裏。這是陰間最高一級的職官。前兩次告狀，描寫都比較簡單。這第三次的告狀，描寫極為詳細。對席方平來說，這是最後的一點希望。先是城隍和郡司的求和，他們許席方平以千金，希望私了。但席方平堅執不從。接着是店主人的好意勸說。但席方平對最高一級仍抱有很大的幻想，所以不聽。誰知，進了閻王殿，那閻王面有怒色，根本不容他置辯。一次次的失敗，不斷的受挫，逐漸地加深了席方平對官府和法律的認識。他諷刺閻王說：「受笞允當，誰教我無錢耶！」接下來，酷刑逼供一段，蒲氏利用佛教有關地獄的種種描寫，將酷刑的殘酷恐怖描寫得淋漓盡致，從而把席方平的頑強不屈

天下事，
仰而跂之則難，
俯而就之甚易。

世間百態篇

勞山道士

卷一　第十五篇

縣裏有個王生，排行第七，是大戶人家的子弟。從小羨慕道士的方術，聽說勞山上多仙人，背上行李就去了。登上勞山的山頂，看見一座觀宇[I]，非常幽靜。一個道士坐在蒲團上，白髮下垂，到衣領邊上，神情清爽高遠。王生上前討教，只覺得道士的言談非常玄妙，便請求道士收他為徒。道士說：「我怕你嬌生慣養，吃不了苦。」王生回答說：「我能吃苦。」道士的門人很多，黃昏的時候全都來了。王生與他們一一地行禮，於是就

I　**觀宇**　觀宇，道士修行的地方。

留了下來。第二天凌晨，道士把王生叫去，給他一把斧子，讓他跟大家一起去砍柴。王生恭敬地接受道士的教誨。過了一個月多，王生的手腳都長出了厚厚的老繭，他覺得難以忍受，心裏暗暗地產生了回家的念頭。

一天晚上，王生打柴歸來，看見有兩個人與師父一起飲酒。天色已晚，還沒有點上燈燭。師父便剪了一張月形的紙片，貼在牆壁上。一會兒，紙月的光輝把全屋照亮，連一根毫毛都可以看得非常清楚。各位門人環繞四周，聽候使喚。一位客人說：「這麼美好的夜晚，不能不在一起快樂。」於是就在桌上舉起酒壺，請各位徒弟喝酒，囑咐他們要喝得盡興。王生心想：「七八個人，一壺酒，怎麼能夠盡興？」於是大家各自去找杯碗，爭着倒酒喝酒，惟恐酒壺空了。可是，眾人不斷地往外倒酒，酒壺裏的酒卻不見減少。王生心裏非常奇怪。一會兒，一位客人對道士說：「承蒙你賜與明月之光，但我們何必這麼默默地喝悶酒，為甚麼不把嫦娥請來

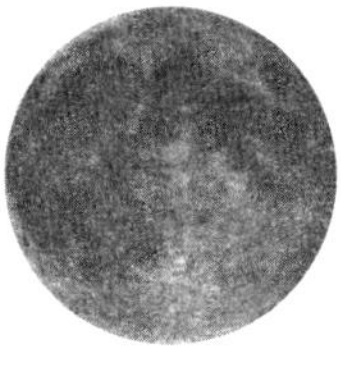

助興？」於是，他把筷子向月亮裏扔過去，立即就看到一位美人，從月光裏出來，開始時不到一尺高，落地時就與常人一般高了。她有着纖細的腰身和脖項，姿勢翩翩，跳起了「霓裳羽衣舞」。跳完舞，又唱起了歌：「仙人啊，你歸來吧！你為甚麼把我關在廣寒宮[2]裏呀！」歌聲清亮高亢，與簫管一樣。唱完歌，嫦娥旋轉而起，一下子跳上桌子，大家驚訝之際，她又變成了筷子。道士和兩位客人哈哈大笑。一位客人說：「今夜最為快樂，但再也喝不下酒了，可以在月宮裏招待我們嗎？」於是，三人隨着酒席，一起慢慢地飛進月宮。眾人仰視三人，看見他們在月宮裏飲酒，鬍鬚眉毛都看得一清二楚，就好像看他們在鏡子裏的形象一樣。過了一會兒，月亮慢慢地暗下來。門人們點起蠟燭，只見道士獨自坐在那裏，那兩位客人則已不見蹤影。桌上的菜肴水果還在，再看牆上的月亮，不過是圓圓的一個紙片而已。道士問眾人：「酒都喝夠了嗎？」眾人異口同聲地回答：

2 **廣寒宮** 廣寒宮，神話傳說中嫦娥奔月後所居住的宮殿，也稱月宮、蟾宮。

「夠了。」「喝夠了就早點休息吧，不要耽誤明天的砍柴。」眾人答應着退了出去。王生心中暗暗地欣喜羨慕，回家的念頭也打消了。

又過了一個月，王生實在受不了那份辛苦，而道士卻一點法術也不傳授與他。他覺得不能再等待了，便向道士告辭：「徒弟不遠數百里來拜仙師，即便不能學得長生之術，也得學一點小的法術，對我的求教之心也是一個安慰。如今三個月過去了，不過是早晨出去砍柴，晚上回來。徒弟在家從來沒有吃過這種苦。」道士笑着說：「我本來就說你吃不了這苦，如今看來，果然如此。明天早晨就送你回去。」王生說：「徒弟在這裏勞作多日，請師父稍微教我一點小法術，弟子也算是不虛此行。」道士問：「你想學甚麼法術呢？」王生說：「常見師父行走起來，牆壁也擋不住，我只學這點本事就夠了。」道士笑着答應了他。於是便把口訣傳授給他。讓他自己念着口訣，喊着：「進去！」王生對着牆，不敢進去。道士對他說：

「你試着往裏走。」王生果然從容地向前走去，到了牆前卻被擋住了。道士說：「你低頭快進，不要猶豫！」王生果然離牆幾步，跑着過去，過了牆壁，像是甚麼也沒碰着一樣。回頭一看，果然已經在牆外了。王生大喜，進去謝過師父。道士告誡他：「要潔身自持，不然就不靈了。」然後送他路費，讓他回家。

到了家裏，王生自吹遇到神仙，說是再堅硬的牆壁也擋不住他。妻子不信，王生照先前的做法，離牆數尺，跑着過去，腦袋碰上堅硬的牆壁，猛地摔倒在地。妻子把他扶起來一看，額上鼓起一個大包，像一個大雞蛋。妻子挖苦他，王生羞愧惱怒，大罵道士不是個東西。

〈卅間五廛農〉

聊聊

王生是甚麼樣的人，作者沒有急於下結論。他不願意給讀者一個先入為主的印象。王生的思想性格，是剝筍一樣一層一層展現出來的。王生去勞山學道的動機是甚麼呢？作者用「少慕道」三字，一帶而過。這個「慕」字用得非常好，很含蓄。

到了勞山，請求拜師學道，誰知道士一看王生的氣質，就直言不諱地指出：「恐嬌惰不能作苦。」第一次見面，就沒有留下好印象，對他有沒有培養前途表示懷疑。「嬌惰」二字，更是點破王生病根。王生的回答是：「能之。」表示自己有信心，有決心。既然王生有此表歷朝歷代，名山古剎，前往學道的人，千千萬萬，真正學成，真正得道的，又有幾人？像《勞山道士》裏王生那樣的人，還不能算在裏面。首先他的動機就不純，其次，氣質不好，心態不好，所謂朽木不可雕也。他根本沒有培養的前途，所以道士一直分配他幹點粗活。人的外貌，固然有好看、不好看之分，但首要的是氣質。眼睛、鼻子、嘴巴都長得很好，氣質不好，總是不美。王生的氣質、心態，均一無是處，所以道士不愛理他。

題目雖是「勞山道士」，但小說主要寫的是王生。作者對王生的心理活動，沒有多少直接的描寫；但是，王生學道的心路歷程卻表現得一清二楚。王生是故家子，祖上闊氣過。故家子有各種各樣的情況，當然不能一概而論，但其中不乏自小嬌生慣養、不學無術而又不甘貧困的紈絝子弟。

學一點「小技」。而王生想學的「小技」，竟是穿牆之術。至此，我們才知道，王生不但是嬌惰不能作苦，而且心術不正。學甚麼不好，他偏要學穿牆之術。真是可氣又可笑。有意思的是道士的態度：沒有拒絕王生，也沒有責問王生學習穿牆之術的可疑動機。道士的「笑」，是深知其人以後的輕蔑的笑。王生學穿牆，道士告訴他，動作要快，不能猶豫。王生鼓起勇氣，果然學會了。「大喜」，不虛此行，兩個多月的辛苦終於有了收穫。天地自有公道，付出總有回報。但是，道士給他打了預防針：穿牆之術可以學，但是，你若是居心不良，法術可就不靈了。這是為後來王生的碰壁作鋪墊，埋下伏筆。這可以說是王生學道的第三階段。道士傳授穿牆之術的過程寫得很細緻。王生先是不敢入，這很符合一般人的心理。接着的「及牆而阻」，畏懼心理難以祛除。最後才「去牆數步，奔而入」。在道士的鼓勵下，終於豁了出去。穿牆本身是超現實的，但王生的心理反應非常真實。

學成回家，王生向妻子吹噓，勞山之行，學到絕技，「堅壁所不能阻」。這是欲抑先揚，為下面的碰壁蓄勢，兼寫王生喜歡炫耀的淺薄。終於額上添一大包完事，王生大罵道士沒安好心。至此，作者以可笑的一幕，完成了人物刻畫最後的一筆。王生之淺陋可笑，可鄙可哂，刻畫得淋漓盡致。全部故事就在讀者的大笑中結束。

態，道士也就把他收下來，留待察看，以觀後效吧。每天的事情，就是砍柴。結果道士不幸而言中，才過一個月，王生已經失望動搖，知難而退，沒有經得起考驗。這是王生學道的第一階段。

眼看就要乘興而來、掃興而去，道士與兩位朋友的聚會卻使王生打消了回家的念頭。一壺酒，師友三人，外加諸徒。醇酒、明月、美人，仙樂，一會兒登月，一會兒下凡，看得王生心動神搖。他那紈袴子弟的人生追求，逐漸地展露出來。作者的高明在於，並不直接去寫王生的所思所想，而只是藉王生的視角，藉王生的感受，描寫道士請客的情景，真所謂不寫之寫。直接寫的是道士請客，目的卻是為了寫王生，而且寫到了他的靈魂深處。

又是一個月過去了，「苦不可忍」「道士並不傳教一術」，真是令人非常失望。王生決心告辭，並向道士一發久蓄心中的牢騷：「來了幾個月，整天的砍柴，不說學長生不老，哪怕是學一點小本事，也讓弟子覺得不虛此行啊。我在家裏可從來沒有吃過這種苦。」這些話憋了幾個月，今天總算一吐為快。有趣的是，道士聽了這番話，並不生氣，而是笑着說：「我固謂不能作苦，今果然。明早當遣汝行。」因為道士早就把他看透，知道王生不是那塊料，所以不和他囉嗦。道士的笑，是一種不屑解釋的笑。王生知道自己不在道士眼裏，所以他也沒有提出太高的要求，只想

司文郎

卷八　第二十七篇

山西平陽人王平子，去京城參加科考，租住在報國寺。寺中先有一位杭州的餘杭生住在那裏，王生因爲是鄰居，就遞了名帖去拜訪他。餘杭生不搭理他，早晚遇到，也不講禮貌。王生對他的狂妄無理非常生氣，就不再與他來往。

一天，有位年輕人來寺裏遊覽，穿着白衣白帽，看去身材魁梧。上前與其接洽談話，言語詼諧風趣，王生很敬重他。問他的姓氏籍貫，他說：「家在登州，姓宋。」王生命僕人設座，兩人相對談笑。餘杭生恰好經過，兩人一起為他讓座。餘杭生居然坐在上座，毫不客氣。他突然問宋生：「你也是來應考的嗎？」宋生說：「不是。我這種平庸的人，早就不想飛黃騰達了。」又問：「你是哪個省的？」宋生告訴了他。餘杭生說：「你不打算進取，足以見出你有自知之明。山東、山西沒有通曉文墨的人。」宋生說：「北方通的人固然很少，而不通的，未必就是我；南方人固然有很多通的人，但通的人未必就是你。」說完，鼓掌，王生也一起鼓掌，二人哄堂大笑。餘杭生羞愧憤怒，怒目而視，挽起袖子，伸出胳膊，大聲說：「你敢當面出題，和我比比才藝嗎？」宋生眼睛看着別處，笑着說：「有甚麼不敢的？」說完，就跑回住所，取來經書[I]，交給王生。王生隨手一翻，指着書說：「就這句『闕黨童子將命』（意思是說，孔子居所的這個童子奉命奔走）作題目吧。」餘杭生起身，要尋紙筆。宋生拉住他說：

I **經書** 指四書、五經等儒家經傳。

「口述就行，我的破題已經做好了：『於賓客往來之地，而見一無所知之人。』」王生爲宋生對餘杭生的諷刺捧腹大笑。餘杭生惱怒地說：「你一點都不會寫文章，只會漫罵，是甚麼人哪！」王生竭力地從中勸解，請再選一個好一點的題目。又翻了一下書，選上一句「殷有三仁焉。（意思是說殷朝有三位仁義之士）」宋生應聲說：「三位賢士走的路不同，但目標是一樣的。這個目標是甚麼呢？就是仁。君子做到仁就可以了，何必要走的路都一樣呢？」餘杭生聽罷就不做了，起身說：「你這個人還有點才。」說完就走了。

王生因此而更加地敬重宋生，請他到自己的住所，拿出自己所有的文章向宋生請教。宋生瀏覽的速度非常快，不一會就看完一百篇文章，說：「你對文章還是下過功夫的，但是，你在下筆的時候，不要有志在必得的想法；如果還有僥幸考取的心理，那文章就已經落在下等了。」於是就拿着剛才看過的文章，一一地爲王生講解。王生大喜，把宋生當作自己的老師。他讓廚子做了糖餡的餃子招待宋生。宋生覺得很好吃，說：「平生沒有吃過這樣的美食，請你以後再給我做一次。」

從此兩人的相處更加融洽快樂。宋生三五天就來一次，王生每次都用糖水餃招待他。餘杭生有時遇到，雖然不能傾心相談，但他的傲氣也減了不少。一天，餘杭生出示自己的文章給宋生看，宋生見文章已被他的很多朋友圈點稱讚，眼睛一掃，就放置桌邊，一言不發。餘杭生疑心他還沒看，再次請他一閱。宋生回答說已經看完。餘杭生又疑心他沒看明白，宋生說：「有甚麼難懂的？只是寫得不好罷了。」餘杭生說：「草草一過圈點，怎麼就知道寫得不好？」宋生便背誦他的文章，好像早就讀過似的，一邊讀一邊批評。餘杭生尷尬窘迫，渾身冒汗，沒有說話就走了。不一會，宋生走了，餘杭生又來，非要看王生的文章不可，王生不給。餘杭生

硬給搜了出來，看見文章上有很多圈點，笑着說：「這圈圈點點眞像糖餡餃子！」王生樸實木訥，只覺得尷尬羞愧而已。第二天，宋生來了，王生把餘杭生的譏笑轉告他。宋生發怒說：「我以爲他服了呢，沒想到這南蠻子居然敢這樣！我一定要報復他！」王生竭力地勸說宋生，爲人要厚道，宋生對王生的勸告非常感激和欽佩。

科考以後，王生把自己在考場寫的文章給宋生看，宋生很是稱讚。偶然在寺內的殿閣走過，看見一位盲僧坐在廊檐下，賣藥看病。宋生驚訝地說：「這是一位奇人啊！最懂文章，不能不向他請教。」讓王生回去取他應試的文章來。中間遇到餘杭生，就一起來了。王生喊禪師，行了參見禮。盲僧以爲他是求醫的，便問他是甚麼症狀。盲僧笑着說：「是誰多嘴？我眼睛看不見，怎麼評論文章的好壞？」王生請他以耳朵代替眼睛，盲僧說：「三篇文章兩千多字，誰有耐心來聽？不如把文章燒了，我用鼻子嗅一下就行了。」王生同意。每燒一篇，盲僧嗅一下，點點頭說：「你初學大家筆法，雖然還不夠逼眞，但也接近了。我正好受用。」王生問：「能考中嗎？」盲僧說：「也能中。」餘杭生不太信，先燒古代大家的文章試試，盲僧嗅了又嗅，說：「奇妙啊！這樣的文章，我很欽佩。不是歸有光、胡友信這樣的大手筆，誰能寫得出來！」餘杭生大吃一驚，於是開始燒自己的文章，盲僧說：「剛才領教了一篇文章，還沒欣賞到他全部的文章，爲甚麼突然換了一個人的文章？」餘杭生騙他說：「朋友的文章，就那一篇，這是我做的文章。」盲僧嗅了嗅餘杭生文章的灰，咳嗽了幾聲，說：「不要再燒了！嗆得我嗅不下去，勉強地去嗅，再要燒下去，我就要噁心嘔吐了。」餘杭生慚愧退下。

幾天以後，放榜了。餘杭生居然考中，而王生卻落榜了。宋生和王生跑去見盲僧，告訴他結果。盲僧歎息道：「我雖然眼睛瞎了，但鼻子沒有瞎，那些試官連眼睛帶鼻子都瞎了啊！」不一會，餘杭生到，意氣風發，譏笑盲僧說：「瞎和尚，你也吃人家的水餃了？現在你看怎麼樣？」盲僧說：「我評論的是文章，不是與你來討論命運。你可以試着找來試官的文章，各取一篇焚燒一下，我一嗅便知，哪篇是你座師的文章。」餘杭生與王生一起找了一下，找到八九篇。餘杭生說：「如果找錯了，如何處罰？」盲僧氣憤地說：「把我的瞎眼珠給剜去！」餘杭生開始燒文章，燒了幾篇，都說不是。到第六篇，盲僧忽然對着牆壁大吐，放屁如雷。眾人大笑。盲僧擦擦眼睛對餘杭生說：「這眞是你的恩師啊！開始不知道，突然一嗅，先是刺鼻，接着是刺激腸胃，膀胱也接受不了，直接從下面沖出來了！」餘杭生大怒而去，說：「明天自然見分曉，不要後悔！不要後悔！」過了兩三天，竟沒有來，人們去一看，餘杭生已經搬走，這才知道，那篇嗆人的文章，就是他的座師寫的。

宋生安慰王生說：「大凡我們讀書人，不應該去埋怨別人，而是應該多反省自己。不抱怨別人，道德會更加高尚；反省自己，學問會更加進步。眼前雖然落榜，固然是命運不濟，平心而論，文章也並非登峯造極。如果從此以後能夠更加刻苦鑽研，天下自有不瞎的人。」王生聽了，肅然起敬。又聽說明年還要舉行鄉試，於是就不回家了，準備留在這裏，跟宋生學習。宋生說：「京城物價昂貴，你不必發愁費用短缺。你的住所後面有一窖藏銀，可以挖出來用。」隨即就指出藏窖的地點。王生道謝說：「從前竇儀、范仲淹貧窮而能廉潔自持，我現在還能自給，怎敢玷污自己的品行？」

一天，王生喝酒喝醉，他的僕人和廚子偷偷把藏窖掘開。王生聽得房後有響聲，悄悄出來一看，只見地上一堆銀子。事情敗露，眾人害怕，都招認了。王生訓斥他們的時候，看到金杯上似乎刻着落款，仔細一看，都是他祖父的名字。原來他的祖父曾經在南京做過六部的部郎。進京時住在報國寺，得暴病而死。這些金銀就是他留下的。王生大喜，秤了一下，有八百多兩。第二天告訴了宋生，並把金杯給宋生看，要和他平分，宋生堅決不要，這才罷了。想贈送盲僧一百兩銀子，但盲僧已經走了。此後的幾個月裏，王生學習更加的刻苦。去考試時，宋生說：「這次再考不上，那眞是命中注定了。」

不久，王生因犯規而落榜。王生沒有說甚麼，宋生卻大哭不止，王生反而安慰他。宋生說：「我被造物主所嫌棄，困頓一生，如今又連累到我的好朋友。這難道就是命，這難道就是命？」王生說：「萬事都有一個定數。像先生這樣，是你自己無意進取，不是因爲命。」宋生擦着眼淚說：「我很久就想和你說，擔心說了讓你驚駭見怪，我不是活人，而是一個漂泊的遊魂。年輕時有一點才名，在科場上很不得志。放蕩不羈，來到京城，希望能遇到能夠理解我的人，把我的著作傳播於世。不料甲申之年（明朝滅亡之年），竟死於戰亂，於是，我的遊魂年年在外飄盪。幸虧得到你的幫助和理解，所以竭力地幫助你提高學業，想把自己一生未能實現的願望，能在朋友身上得以實現，以一快我的心情。如今沒想到文運如此不好，誰能無動於衷啊？」王生聽了，也感動哭泣，問道：「那你為甚麼還留在這裏不走呢？」宋生說：「去年上帝有任命，委託孔聖人和閻王核查劫難中的死鬼，在其中選出上等的，為各衙門備用，剩下的讓他們轉世投胎。我的名字已經被錄取，所以沒有去報到，只是想看到你金榜題名，一快心情啊！如今讓我們告別吧。」王生問：「任命你做甚麼職務？」宋生說：「梓潼府[2]缺一名司文郎，暫時讓一位耳聾的僕役代理，所以搞得文運顛倒。萬一我有幸獲得這個職務，一定能使聖人的教誨發揚光大。」

第二天，宋生興沖沖地來了，說：「我如願了！孔聖人讓我做一篇《性

2 **梓潼府**

梓潼府即是文昌帝君府。文昌帝君或稱文昌梓潼帝君，是道教中掌管功名祿位的神。宋代以前，文昌僅是星宿名稱之一。原本各地學子只會向原鄉的神明祈求考試順利，後來，巴蜀的兩位神明張育和梓潼合流，逐漸轉化為保佑各地學子的神明，並與文昌混合為一。

道論》，看完以後面有喜色，說可以掌管文運。閻王查了名簿，想以我說話不注意而放棄，孔聖人爲我力爭，這才使我獲得這一職務。我跪伏道謝完畢，孔聖人又將我叫到桌前，囑咐說：『如今因爲愛惜你的才幹，才選拔你擔任這一清貴的職務，你應當改過自新，克盡職守，不要重犯以前的過錯。』這就可以知道陰間把德行看得比文才更重要。你一定是品德的修養還有欠缺，要努力行善，不要鬆懈才行啊！」王生說：「果眞像你說的那樣，那餘杭生的德行又怎麼樣？」宋生說：「這個我也不知道。但陰間的賞罰，沒有一點差錯。就說前面那位盲僧，也是一個鬼，是前朝的文章名家。只爲他生前拋棄的字紙太多，所以罰他做個瞎子。他想行醫解除人們的痛苦，以救贖以前的罪孽，所以才在街市遊逛。」王生讓擺酒款待宋生，宋生說：「不必了。一年來打擾你，現在就剩這點時間，請你再爲我做一次水餃就行了。」王生悲傷，吃不下，坐着讓宋生自便。不一會，宋生就吃了三碗，捧着肚子說：「這一頓可以三天不餓，我藉此來記住你的恩德。過去我所吃的那些，都在屋子後面，已經變成蘑菇了。收藏起來做藥用，可以增加小孩的智慧。」王生問以後甚麼時候能夠再次見面，宋生說：「既然我已經官職在身，就要避嫌了。」王生又問：「我到梓潼祠中祭祀禱告，你能聽到嗎？」宋生說：「這些都沒有用。九天[3]離你很遠，只要潔身自好，身體力行，陰司自有牒報，那我就一定能知道。」說罷告別，然後就消失了。

王生看屋子後面，果然生出紫色的蘑菇，他將蘑菇採集收藏起來。旁邊又有新的土堆，挖開一看，水餃都在那裏。王生回家後，愈加地刻苦修德學習。一天夜晚，夢見宋生坐着官轎來到，他對王生說：「你過去因為一點小小的憤怒，誤殺了一個婢女，所以削去了你的官籍，如今因為你一心修德，已經折抵了你的罪愆。但命薄不足以在仕途上前進。」這一年，

3 **九天** 九天，即是九重天，古代傳說認為天有九層，極高極遠。

王生鄉試告捷。第二年春天，又考中進士。他聽從宋生的指點，沒有去當官。王生生有兩個兒子，其中一個特笨，因爲吃了宋生留下的蘑菇，變得非常聰明。後來在金陵旅店遇到餘杭生，餘杭生熱情地問候他，十分謙虛，但是，他已經兩鬢斑白了。

〈世間百態篇〉

聊聊

而來，喪氣而去。

不得不承認宋生有才。

瞽僧有一種特殊的衡文方式，他能用鼻子去嗅文章燒成的灰，從灰的氣味去判斷文章的優劣高下。瞽僧狀似瘋癲，其實是痛罵試官。「簾中人並鼻盲矣」一句，實為點睛之筆。

《司文郎》一篇，其中的宋生和盲僧，自然是虛構的超現實的人物，但是那種對考官的蔑視，卻是出自蒲松齡切身的體會。

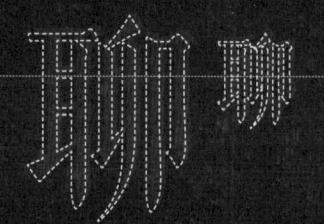

蒲松齡以絕世之才，卻坎坷不遇，以秀才而終身，所以他在《聊齋志異》中把最惡毒的詛咒送給那些試官。《司文郎》是蒲松齡抨擊科舉的力作。作者在故事中設置了王平子、餘杭生、宋生、瞽僧四個人物，着力寫科場考試的前前後後。不是傳記式的寫法，而是截取生活的一個橫斷面，加以剖析。四人之中，王平子和餘杭生是現實的人物，宋生是鬼魂，瞽僧是半仙似的神秘人物。

王平子和餘杭生同時登場，一平陽人，一餘杭人，一南一北。一開始，作者就點出餘杭生的狂悖無禮。接着，插進第三個人物宋生。王平子雖然對餘杭生的無禮非常憤怒，但只是置之不理而已，但宋生才華橫溢，鋒芒畢露，一出場，就壓住餘杭生的氣焰，使餘杭生的膚淺平庸暴露無遺。這一次交鋒，夾槍帶棒，宋生才思敏捷，出口成章，將狂妄的餘杭生完全壓倒。餘杭生盛氣

小翠

第七卷　第三十三篇

太常寺的王侍御史，是浙江人。小時候，有一天白天，他正躺在臥榻上，忽然天色暗下來，雷霆大作，一個略大於貓的東西，跑來躲在他的身下，轉來轉去，不離開他。過了一會，天晴了，那東西逕自出來。一看，不是貓，他開始有點害怕，隔着牆叫他的哥哥。他哥哥聽說以後，高興地對他說：「弟弟今後必定能當大官，這是狐狸來躲避雷霆的劫難。」後來，他果然年輕時就考中了進士，當了縣令，又升爲侍御史。

王御史生了一個兒子元豐，特別傻，十六歲了不分男女，因而鄉里沒人願意嫁給他。王御史十分憂慮這件事。恰好有個婦女帶着少女來到王家，請求把女兒嫁給王御史的兒子。王御史看了少女一眼，少女嫣然一笑，真像仙女一樣。王御史很高興，問這婦女姓甚麼。婦女自說姓虞，女兒小翠，年齡十六了。王御史與婦女商量，要多少聘金，婦女說：「這孩子跟着我，吃糠都吃不飽，一旦住在這大房子裏，役使奴僕，細糧肥肉都吃膩，她滿意了，我也就放心了。豈能像賣菜一樣講價錢呢？」王夫人聽了非常高興，熱情地款待她們。婦女隨即就讓小翠拜謝王御史和夫人，囑咐說：「這是你的公公婆婆，你要恭敬地侍奉他們。我非常忙，先得回去，過三兩天再來。」王御史讓僕人備馬送她，她卻說：「家離這兒不遠，不麻煩你們了。」說着就走了。小翠見媽媽走了，一點也不悲傷留戀，隨即就從梳妝匣中取出繡花樣子來。夫人很喜歡她。

　　幾天過去了，那婦女也沒來。問小翠家住哪裏，小翠也傻傻的說不清楚。於是就另外收拾了一間屋子，爲小倆口舉辦婚禮。王家的親戚們聽說揀了個窮人家的女孩做媳婦，一起笑話他們。及至見到小翠，都吃了一驚，眾人的閒話才停息下來。小翠很聰明，能夠看出公公婆婆的喜怒。王公夫婦，寵愛媳婦過於常情，然而也非常擔心媳婦憎厭傻兒子，但他們看到小翠每天快快樂樂的，一點兒也不嫌棄丈夫。只是小翠喜歡逗元豐玩，她用布縫了一個球，踢球作樂。小翠穿着小皮靴，一踢幾十步遠，讓元豐跑去揀球，公子和婢女們常常累得大汗淋漓。一天，王御史偶爾路過，恰好球飛過來，正好擊中王御史的臉。小翠和婢女們都嚇得躲一邊去了，只有元豐還奔跑着去追這個球。王御史發怒，揀起石頭向兒子扔過去，元豐這才趴在地上哭起來。王御史把這件事告訴了夫人，夫人前去責備小翠，小翠低頭微笑，用手指摳着牀。夫人一走，小翠依然那麼憨態可掬，又蹦又跳，與以前一樣。她給公子臉上塗上脂粉，扮作鬼的樣子。夫人見了，憤怒以極，把小翠叫來，大罵一頓。小翠靠着桌子，擺弄衣帶，並不害怕，也不說話。夫人沒辦法，就杖打她的兒子。元豐大叫，小翠嚇得變了臉色，跪地求饒。夫人怒氣頓時消解，扔下棍子走了。

小翠笑着拉公子進屋，給他拍去衣服上的塵土，擦拭眼淚，按揉打傷的地方，拿來栗子和棗給他吃，公子這才收起眼淚，又高興起來。小翠關上院門，又把公子裝扮成霸王，像是蒙古人的模樣，自己則穿上豔麗的服裝，束起細腰，在帳下翩翩起舞，或是髮髻上插上野雞尾，撥着琵琶，「叮叮當當」地響，滿屋的歡聲笑語，天天如此。王公因爲兒子癡呆，不忍心過分地責怪媳婦，即便聽說一些胡鬧的事情，也不去過問。

有一位同街的王給諫，相隔有十多戶人家，但是素來不太和睦。正當朝廷三年一次考核官員的時候，王給諫妒忌王御史掌管河南道的監察大權，想着如何中傷他。王公知道他的陰謀，憂慮而想不出對付的辦法。一天晚上，王御史早早地睡了，小翠穿上了官服，打扮成宰相的模樣，剪了一縷白絲粘在下巴上做鬍鬚，又讓兩個丫鬟扮作虞候[I]，偷偷地騎上馬出了門，開玩笑說：「我要拜訪王大人。」騎馬到了王給諫門前，小翠立即就用鞭子抽打隨從，大聲說：「我要拜訪王御史，哪裏是拜訪王給諫呀！」撥轉馬頭就回來了。到了家門口，看門的真以爲是宰相來了，跑進去通報王公。王公趕忙上前迎接，這才知道是媳婦鬧着玩的。王御史大怒，對夫人說：「人家正好在找我的碴呢，反而把家中的醜事登門去告訴人家，我的災禍恐怕不遠了！」夫人發怒，跑到媳婦屋裏，痛罵小翠。小翠只是傻笑，沒有說一句話。夫人想打她，又於心不忍。想休了她，可她又沒有家。夫妻懊惱埋怨，一夜無眠。

當時宰相正當顯赫之時，他的儀容、服飾和隨從，與小翠僞裝的模

I **虞候** 虞候為古代官名，各朝職掌不盡相同，本篇是指官僚的侍從。

樣，沒有多少差別，王給諫也誤以爲眞。屢次地派人到王御史家門前探聽，到半夜時分，也沒見客人出來，疑心宰相與王御史在商量甚麼陰謀。第二天早朝，王給諫問王御史：「昨天晚上宰相去你家了？」王御史疑心他是有意譏諷，不好意思地支吾了兩句，聲音也不大。王給諫心裏便更加的懷疑，也就打消了陷害王御史的圖謀，並從此更加地討好王御史。王御史探聽到實情以後，心中暗喜，而偷偷地告訴夫人，勸小翠一改以前的行爲，小翠笑着答應了。

過了一年，宰相被罷官，恰好他有一封私信給王公，卻誤投到王給諫那裏，給諫大喜，先託一位與王御史關係不錯的人去王御史家借一萬兩銀子，遭到王公的拒絕。給諫親自去御史家，王公找帽子衣服，以便接客，可一下子沒找到。給諫等了很久，憤怒王公的怠慢，氣沖沖地要走。忽然看見王御史的公子元豐穿着龍袍，戴着皇冠，有一個女子從門裏將公子推出來，嚇了一跳。接着，給諫笑着安撫了元豐一下，脫下他的龍袍皇冠，拿走了。王御史急忙出來，而給諫已經走遠。御史問明了情況，嚇得面如土色，大哭道：「這是禍水啊！用不了幾天，我們全家都要被殺頭了！」他和夫人一起拿了棍子到兒子這裏來。媳婦已經知道他們要來，關起門來，任憑他們去罵。王公大怒，拿起斧子要砍門。小翠在屋裏笑着對公公婆婆說：「公公不要發怒！有媳婦在，刀鋸斧剁，自有媳婦去承擔，一定不會連累雙親。公公若是這樣，這是要殺了媳婦滅口嗎？」王公這才甘休。

王給諫回家以後果然上疏，告發王御史圖謀不軌，有龍袍和皇冠爲證。皇帝聞報吃驚，一檢驗，發現所謂皇冠，原來是高粱稈所製，所謂龍袍，只是一個破舊的黃色包袱皮。皇帝對王給諫的誣告非常憤怒。又把元豐召來，只見他憨態可掬，皇帝笑着說：「這樣的人可以當天子嗎？」於是把王給諫交給法司去審問。給諫又舉報王御史家有妖人。法司嚴厲地審問王御史家的僕人，都說沒有妖人，只有一個癡癲的媳婦，天天嬉笑惡作劇，問鄰居，也都這麼說。於是案子就這麼定了下來，王給諫被充軍雲南。王御史由此而覺得小翠不是一般的女孩。又因為她的母親好久不來，懷疑她不是人類，便讓夫人去盤問她。小翠只是笑，甚麼也不說。再一問，小翠就捂着嘴說：「孩兒是玉皇大帝的女兒，婆婆不知道嗎？」

不久，王公升為太常寺卿。五十歲時，常常擔憂沒有孫子。小翠來家三年了，夜夜與元豐分開睡，沒有發生甚麼關係。夫人讓人抬走一張牀，囑咐公子與媳婦一起睡。過了幾天，公子告訴母親：「有人把牀借走了，小翠竟一直不還！小翠把腿放在我的肚子上，壓得我喘不過氣來，又常常掐我的大腿！」婢女僕婦們聽了，無不大笑。夫人呵斥他一番，讓他走了。

一天，小翠在屋裏洗澡，公子見了，要一起洗。小翠笑着制止他，讓他先等一會。她洗完以後，在浴盆裏又添了一些熱水，替公子脫了衣服褲子，同丫鬟一起把公子扶入浴甕。公子覺得非常悶熱，大喊要出來。小翠不聽，用被子將甕蒙上。不一會兒，沒聲了，揭開被一看，公子沒氣了。小翠坦然地笑着，一點也不驚慌，把公子拖到牀上，擦乾淨身上的水，蓋上被子。夫人聽說此事，哭着進屋，大罵小翠：「狂婢爲甚麼殺我的兒子？」小翠笑着說：「這樣的傻兒子，不如沒有。」夫人更加的憤怒，以頭去撞小翠，婢女們紛紛上去勸阻。正在吵鬧不可開交的時候，一個婢女來告訴說：「公子哼哼了！」夫人收住眼淚，撫摩兒子，只見他氣喘吁吁，大汗淋漓，沾濕了被褥。一頓飯的工夫，汗止了，忽然睜開眼睛，張望四周，把家人都看了一遍，像是不認識似的，說：「我如今回憶過去以往的事，好像做夢一樣，這是怎麼回事？」夫人見他說話不癡，大爲驚異。帶了元豐去見他的父親，王御史多次地試探他，果然不傻了。大喜，如獲至寶。到晚上，把牀又放回去，還放了被褥枕頭來觀察他。公子進屋，把婢女們都打發走。早晨一看，那張牀空在那裏，如同虛設。從此兒子媳婦的癡傻瘋癲都沒了，而小倆口感情篤好，如影隨形。

過了一年多，王公被王給諫的同黨彈劾而免官，受了一點譴責。以前有一隻廣西中丞贈送的玉瓶，價值千金，準備送給當權的大官。小翠非常喜歡這隻玉瓶，捧在手裏玩耍，沒想到失手摔了，非常慚愧，自己去告訴了公公婆婆。王公夫婦本來就因爲免官心裏不痛快，聽說玉瓶摔了，大怒，交口大罵。小翠氣憤，跑了出去，對元豐說：「我在你家，所保全的不止一個玉瓶，爲甚麼不給我一點面子？跟你說實話吧，我不是人類，只爲我母親遭到雷霆的劫難，受到你父親的庇護，又因爲你我有五年的緣分，所以我來報恩，了卻一點心願。我受的責罵，數不勝數，之所以沒有馬上就走，只有因爲五年的恩愛還沒有滿，如今可以停止了！」小翠氣沖

沖地出了門，元豐去追，已經沒了蹤影。公子回到屋裏，看到小翠用過的脂粉，穿過的鞋，哭得死去活來，夜不能寐，飲食無味，一天比一天憔悴。王公非常憂愁，急忙要爲他娶一位繼室來安慰他，但元豐不願意。王公只得請一個好畫師，繪了小翠的像，日夜地在像前禱告，這樣的過了兩年。

一天，元豐偶然地從別處回來，此時明月皎潔，村外有一處王公家的亭園，元豐騎馬在牆外經過，聽得裏面有歡笑說話的聲音。他勒住馬，讓僕人拉住韁繩，站在馬鞍上向牆裏張望，看到園裏有兩個女子在嬉鬧。因爲雲朵遮住了月亮，看得不甚清楚。但聽得一個綠衣的女子說：「應該把你這丫頭趕出門去！」一個紅衣的女子說：「你在我家的園亭，你反而要攆我？」綠衣的女子說：「丫頭不害羞！沒有當好媳婦，被人家趕出來，還要冒認是自家的產業嗎？」紅衣女子說：「那也比你老大不小，沒人要強！」元豐聽聲音，很像小翠，就急忙叫她。綠衣女子說：「暫且不和你爭了，你老公來了。」不一會兒，紅衣女子來了，果然是小翠，元豐大喜。小翠讓他登上牆頭，然後把他接下來，說：「兩年不見，瘦得只剩一把骨頭了！」元豐握着小翠的手，不由得流下淚來，敍述了他的相思之情。小翠說：「我也知道，但沒臉見你的家人，今天和我大姐遊戲，又遇到了你，足以說明我們的緣分是逃避不了的。」元豐請小翠一起回家，小翠拒絕了。又請求在園中住下，小翠同意。公子派僕人跑回去告訴夫人。夫人聽說，吃驚的站了起來，坐上轎子就去了。開鎖進了園子，小翠趕忙上前迎接，下跪行禮。夫人抓住她的胳膊，流着淚，竭力地自責，幾乎無地自容，說：「若是你不記舊怨，就和我一起回家，對我的晚年也是一個安慰。」小翠堅決地拒絕。夫人擔心野外的亭園荒涼冷清，想多派幾個人來侍候。小翠說：「別人我都不想見，只有以前我身邊的兩個丫鬟，早晚侍候我，我不能不想念，外面有一個老僕看門就可以，其他都不需要。」夫人按小翠的意思辦了。對別人只說公子在園裏養病，每天供給一些吃用的東西而已。

小翠常常勸公子另娶一個媳婦，公子不肯。過了一年多，小翠的聲音容貌，漸漸地與以前不同，拿出原先的畫像一對比，簡直是判若兩人。元豐非常奇怪。小翠說：「你看今天的我，比以前漂亮嗎？」元豐說：「今天是美，但比起以前來，不如以前美。」小翠說：「我想我是老了。」公子說：「才二十歲，怎麼就老得這麼快？」小翠笑着把畫像燒了，元豐來搶，已經燒盡。一天，小翠對公子說：「以前在家時，公公說我至死也不能生育。如今你父母已老，就你這一個兒子，我實在不能生育，恐怕耽誤你家傳宗接代。請你再娶一房媳婦，早晚侍候公公婆婆，你可以兩邊來往，也沒甚麼不方便。」公子覺得她說的有道理，就與鍾太史的女兒訂了親。婚期將近，小翠替新婦做了新衣新鞋，送到夫人那裏。待到新人進門，她的說話容貌，竟與小翠沒有一點差別。元豐非常驚奇。待到前往園亭，則小翠已經不知去向。問婢女，婢女拿出一塊紅手帕，說：「娘子暫時回娘家去了。留下這塊手帕，給公子作個紀念。」打開手帕一看，裏面是一塊玉玦，公子心知小翠不會回來了。於是帶着婢女一起回家，卻是一時一刻也忘不了小翠。幸好新媳婦長得與小翠一模一樣，這才明白，鍾太史家的婚姻，小翠預先就知道了，所以先變成鍾家姑娘的模樣，藉以安慰元豐的思念。

聊聊

下面寫小翠和傻子丈夫的日常生活。作者這才開始展開對女主人公的深入的描寫。女孩非常聰明，能夠揣摩公公婆婆的喜怒。除此以外，她還很善良。從小翠把公子拉到屋裏，替他拍掉身上的塵土，擦掉眼淚，撫摩傷口，給他棗啊栗子的，哄他，足以看見小翠溫柔的一面。一個女孩，能夠對一個傻子丈夫如此溫柔，也是難能可貴的了。

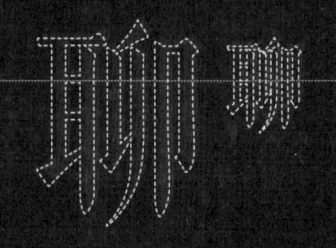

小翠還愛玩，因為她愛玩，玩出不少矛盾，故事也就出現許多的曲折波瀾。光是在家裏鬧也就罷了，誰知問題鬧到牆外去了，恰好隔不遠有位王給諫，他和王公有矛盾，時常地想找個理由整整王公。小翠的惡作劇給他提供了一個機會。這裏，故事開始又多了一層含義，把官場上的勾心鬥角摻雜進來了，不再是單純的家庭矛盾了。當然，作品又多了一層意義。

但是，寫家庭也罷，寫官場也罷，歸根到底，還是為了寫小翠這個人物，寫圍繞着小

《小翠》的中心是塑造一個女孩的形象。蒲松齡把她放在一個特殊的家庭裏面來描寫，怎麼個特殊呢？一個官僚家庭，偏偏有一個癡呆的兒子。說得委婉一點，這個小孩的智商不高。而小翠就嫁給了這麼一個弱智的孩子，一個癡呆的孩子。藉這麼一個特殊的家庭，特殊的婚姻，寫出波瀾曲折的故事，寫出人生的悲歡離合，寫出豐富的社會內容，寫出形形色色的世態人情。

這個傻兒子名字叫元豐，十六歲了，還不明白男女的事。這樣一個傻子，鄉里沒有人願意把女兒嫁給他。故事奇就奇在這裏了。小翠的出現，解決了王家的難題。顯然，小翠是窮人家的一個孩子，挺可憐的，聽母親之命，甘心情願嫁給這麼一個傻子。奇怪的是，小翠見母親走了，也不悲傷，也不糾纏。這也不是很正常。但蒲松齡並不急於為我們來解釋這些疑點。帶着這些懸念，讀者繼續往下看。

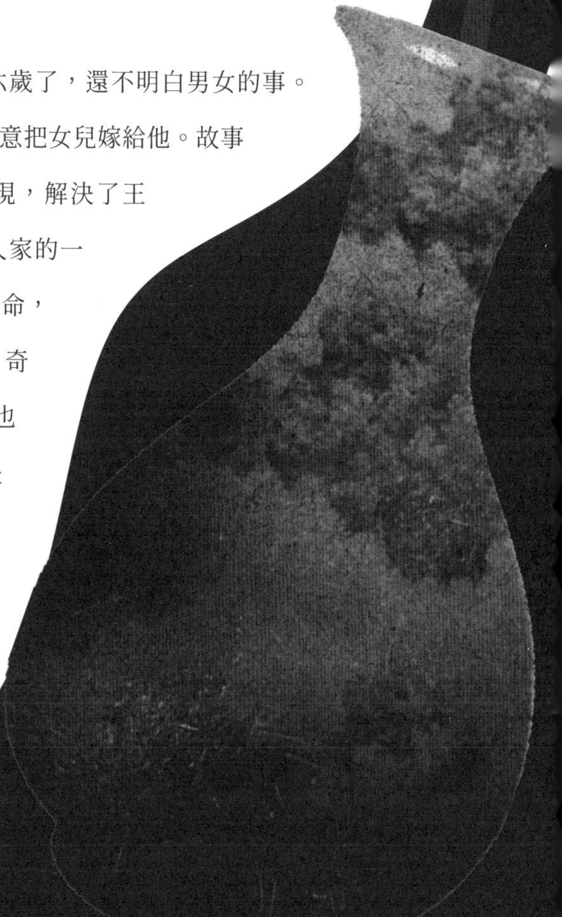

聊聊

子，怎麼可能娶

她！故事講到這裏，好像可以收場了，懸念也沒有了，但蒲松齡還不想就此束手，他還要給我們意想不到的情節，使小翠的形象又增添了新的意義。王公非常的後悔，但已經來不及了。公子看着那些小翠剩下的脂粉之類，哭得要死要活。夫人更多的還是為她的寶貝兒子着想，因為那兒子離了小翠真不行。當然也是藉夫人的認錯讓小翠揚眉吐氣。

整個故事是一個報恩的故事。一波三折，小翠的形象，令人掩卷難忘。雖然寫的是狐，其實也是人間女子，她的那種純真、善良、活潑、敢作敢當，給人深刻的印象。無心之善，湧泉相報，蒲松齡把一個窮人的孩子寫得這麼可愛，可見他對弱勢羣體的那種發自內心的同情。

翠的世態人情。以後的故事發展說明，官場的矛盾一摻進來，將小翠和家長的矛盾激化了。小翠的性格也在矛盾的激化中得到了更深的刻畫。嬉笑打鬧，不牽涉到王家的根本利益，家長還可以忍耐，而官場險惡，它涉及到王家的根本利益，甚至身家性命，家長就不能容忍了。

後來元豐扮作皇帝，又惹出事來。關鍵時刻，我們看到小翠這麼一個弱女子，敢作敢當，柔中有剛的性格。這麼緊張的時刻，頭腦還非常清醒。一件風波，彌天大禍，就被小翠平息了。王公從此覺得這小翠還真是不能小看。小小年紀，竟是臨危不亂，有如此膽識，以前真是低估她了。

後來，作者藉一個玉瓶作導火線，引發小翠的出走。同時點明真相。玉瓶引發的矛盾，也暴露了王太常夫婦內心深處對小翠的看法：他們心裏還是看不起小翠，認為她只是一個窮人家的小孩。如果自己的兒子是個正常的孩

石清虛

卷十一　第三十八篇

順天人邢雲飛，喜歡石頭，見到好石頭，不惜重金購買。他偶然地在河邊捕魚，有東西掛住了漁網，便潛入水裏取了出來，原來是一塊一尺多長的石頭，四面玲瓏剔透，山巒重疊秀美。他非常欣喜，如獲至寶。回家以後，用紫檀木雕了一個底座，供在桌上。每當天要下雨的時候，石頭的孔洞裏就生出雲朵，遠遠望去，好象塞進了朵朵新的棉花。

有一個豪強，上門請求觀看。見了奇石以後，就交給他手下健壯的僕

人，然後騎着馬，飛奔而去。邢雲飛無可奈何，跺腳悲憤而已。豪強的僕人背着奇石到了河邊，在橋上把奇石放下來，想歇一會。忽然失手，奇石墜落河中。豪強大怒，鞭撻僕人，拿出銀子，雇請善於游泳的人，千方百計地四處搜尋，可就是找不到。於是，他貼出懸賞的告示而離去。從此，尋找奇石的人每天擠滿了河道，但誰也沒有找到。後來邢雲飛來到石頭墜落的地方，望着河流傷心哭泣，只見河水清澈，那奇石就在河底。邢雲飛十分高興，脫衣下水，把奇石抱了出來。將奇石帶回家中以後，他不敢把奇石再放在客廳裏，而是將內室打掃乾淨，專門供奉這塊奇石。

一天，有個老頭敲門來訪，請求看一看那塊奇石。邢雲飛說奇石遺失已久。老頭笑着說：「不就在你的客廳裏嗎？」邢雲飛就請他進屋，以證明奇石確實已經遺失。誰知到了客廳，那奇石果然陳列在客廳的桌子上，邢雲飛驚愕得說不出話來。老頭撫摩着奇石說：「這原是我家的東西，遺失很久了，如今原來在這裏啊！既然見到了，希望你能還給我。」邢雲飛十分尷尬，便與老頭爭論誰是奇石的主人。老頭笑着說：「既然說是你家的東西，你有甚麼證據？」邢雲飛答不上來。老頭說：「我早就知道它。它的前後有九十二個孔，其中一個大孔中鐫刻有五個字：『清虛天石供』。」邢雲飛仔細一看，孔中果然有小字，細小如米粒，用盡目力，方能勉強辨認。又數了數石頭上的孔，果然是九十二個。邢雲飛沒話可說，可就是堅決不肯把石頭交給老頭。老頭笑着說：「是誰家的東西，就憑你一人作主嗎？」說完，與邢雲飛拱手作別。邢雲飛將老頭送出門外，回到屋裏，石頭已經不見了。邢雲飛急忙去追趕老頭，老頭走得慢，尚未走遠，邢雲飛便苦苦地哀求他。老頭說：「眞奇怪啊！一尺大的石頭，難道可以握在我的手裏，藏在我的衣服裏嗎？」邢雲飛知道他是一個神仙，強行地把他拉回家裏，直挺挺地跪着哀求他。老頭說：「石頭到底是你家的，還是我家的？」邢雲飛說：「確實是你家的東西，只是請求你割愛與我。」老頭說：「既然如此，石頭還在這裏。」進了內室，石頭已在原來的地方。老頭說：「天下的寶物，應該屬於愛惜它的人。這塊寶石能夠自擇其主，我也很高興。然而它急於自我表現，它的出現有點太早，所以它的劫難沒有結束。我要把它帶走，等三年以後，才能贈送與你。既然你想留下它，會減你三年的壽命，才能一直陪伴你。你願意嗎？」邢雲飛說：「我願意。」老頭於是用兩個手指捏住一個孔，那孔柔軟如泥，隨着他的手指一捏就閉上了。等他閉上了三個孔，老頭說：「石頭上孔的數目就是你的壽數。」說完，作別而去。邢雲飛苦苦留他，老頭去意堅決，問他姓名，也不說，接着就走了。

過了一年多，邢雲飛有事外出，夜晚家裏進了賊，甚麼都沒丟，就是偷了那塊石頭。邢雲飛回家後，不由得悲痛欲絕。四處訪尋，拿錢購買，卻一點蹤跡都沒有發現。過了幾年，偶然到報國寺，看見有個賣石頭的人，賣的正是自己家的那塊石頭，便要上前認領。賣者不服，就背了石頭到了官府。官問：「有甚麼憑據？」賣者能夠說出石頭上有多少孔。邢雲飛問其他方面的事，賣者就說不上來了。邢雲飛就說出孔中有五個字，以及三個指痕，於是才打贏了官司。官員要打賣者的板子，賣者自說是二十兩銀子從市場上買來的，這才把他放了。邢雲飛拿了石頭回家，用錦緞把它裹起來，藏在匣子裏，時不時地拿出來欣賞一下。

有一個尚書，想用一百兩銀子買下這塊石頭。邢雲飛說：「即便是一萬兩銀子也不賣。」尚書發怒，暗中借他事中傷邢雲飛。邢雲飛被捕，家裏的田產被抵押。尚書託人透風給邢的兒子，要邢家用石頭換人。兒子告訴了邢雲飛。邢雲飛寧死也不肯交出石頭。妻子與兒子商量，把石頭獻給了尚書。邢雲飛出獄以後，才得知此事，大罵妻子，毆打兒子，屢次地要自殺，被家人發覺獲救。一天夜裏，他夢見一男子，自說叫「石清虛」，他叮囑邢雲飛不要悲傷，說「我特地來與你分別。明年八月二十日天剛亮的時候，你可以到海岱門，用兩貫錢把我買回來。」邢雲飛得了夢的啟示，十分高興，認真記住了這個日子。那塊石頭在尚書家，再沒有吐出雲朵的奇異景象，時間一長，也就不怎麼珍惜。第二年，尚書獲罪被免職，不久就死了。邢雲飛如期到了海岱門，原來是尚書的家人偷出了那塊石頭來出售。邢雲飛花了兩貫錢把它買了回來。

後來，邢雲飛活到八十九歲時，自己準備好棺材，又囑咐兒子，一定要用那塊石頭殉葬。待到他去世，兒子遵從他的遺囑，把石頭埋入墳墓。半年後，有賊盜墓，把石頭偷走。兒子得知後，也無法追究。過了兩三天，兒子和僕人在路上，忽然看見兩個人，一邊跑，一邊摔跟頭，大汗淋漓，望空跪拜，說：「邢先生，不要逼我們！我兩人偷了石頭去，不過是要賣四兩銀子而已。」於是，邢雲飛的兒子和僕人就將兩人執送官府，一審就招供了。問他們石頭賣哪裏去了，說是賣給了姓宮的人家。長官命人將石頭取來，長官很喜歡這塊石頭，就想佔爲己有，讓人存放在庫裏。吏人剛舉起這塊石頭，石頭忽然就墜落在地上，碎成幾十片，大家相顧失色。長官將兩名盜賊重刑拷打，判以死刑。邢雲飛的兒子收拾起碎片，仍然把它埋在父親的墳墓裏。

聊聊

作品可以分成三段。一是邢雲飛喜獲靈石。二是邢與靈石的悲歡離合，得而復失，失而復得，經歷了三次劫難。三是邢死後，以石殉葬。石又為賊所劫，為官所得。最後，靈石粉碎，碎石歸於邢墓。第一段是開場，第二段是核心，第三段是餘波蕩漾。

一個偶然的機會，邢雲飛獲得一塊奇石，第一次考驗很快就來臨了。豪強看中了奇石，竟強行搶奪，揚長而去。但是，豪強和靈石顯然沒有緣分，靈石墮河。可是，邢雲飛卻是得來全不費功夫。他到了靈石落水的地方，看到靈石就在水裏。這第一次失而復得，使我們更加隱隱地感覺到靈石的非同一般。

蒲松齡非常善於創造曲折的情節，他並沒有急於安排第二次劫難，而是插進靈石「主人」的來訪，使氣氛又驟然地緊張起來。

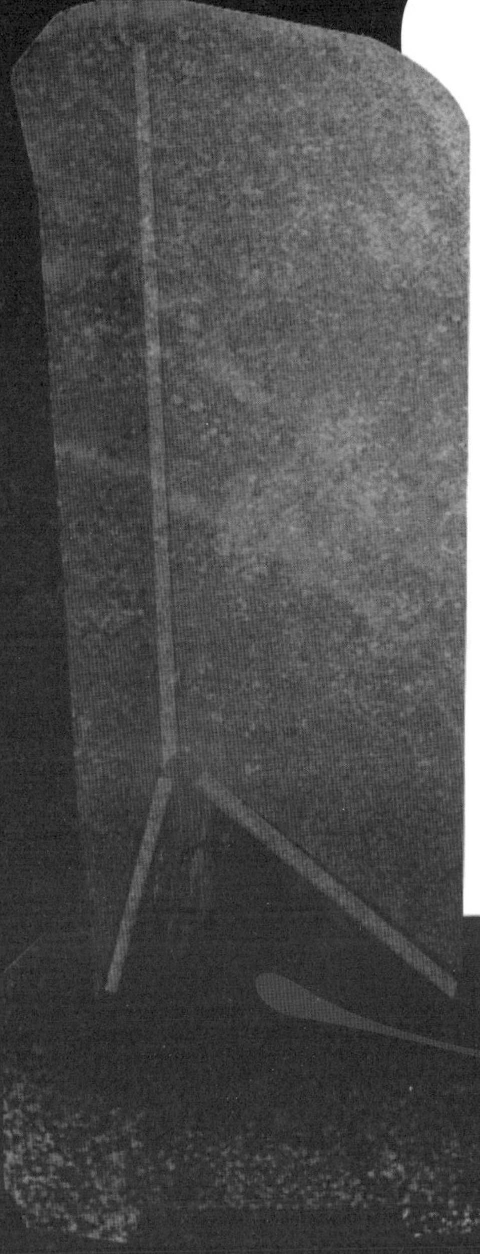

小說中常常看到的是人與人的悲歡離合，但是，蒲松齡在《石清虛》裏卻寫出一個人與石頭悲歡離合的故事。愛石如命的邢雲飛，與充滿靈氣的石，寫二者之間的知己之情、生死之情。不但士為知己者死，而且「石」亦為知己者死。這裏面自然寄託着蒲松齡深刻的人生感慨。《聊齋志異》裏有情癡、書癡、酒癡、花癡，《石清虛》一篇，又添上一位石癡。

月二十日，到海岱門，用兩貫錢就可以買到。第二年尚書貶官，家人竊石出賣。邢雲飛果然在海岱門買到了靈石。

故事到這裏似乎已經可以結束了，但蒲松齡不甘心這樣平淡的結尾。他還要利用蕩漾的餘波，給讀者想像不到的尾聲。靈石的九十二個孔，被老叟塞去三個，所以邢雲飛活到八十九歲。他的兒子遵守父囑，將靈石殉葬。盜墓賊將靈石盜去，邢雲飛顯靈，盜墓賊被執送官府。誰知官看了，很是喜歡，想把靈石留下。結果，石忽然墮地，碎為數十片。邢的兒子收拾碎石，仍葬在父親的墓裏。邢雲飛捨命也要救石，而靈石則粉身碎骨也要歸於邢雲飛。這就是人和石之間的一種知己之情、生死之情。蒲松齡是藉此來謳歌一種生死不渝的真情。

回頭一琢磨，靈石主人老叟的出現，有四方面的作用：一是介紹了靈石的來歷；二是特意點明，靈石能夠自擇其主，靈石所選擇的主人，當然是能夠真正愛它的人；三是考驗了邢雲飛對靈石的感情；四是暗示了情節未來的發展，為即將到來的魔劫做了鋪墊。

第二次劫難很快就降臨了。竊賊將靈石偷走了。邢雲飛四處尋覓，歷經數年。結果，在報國寺銷贓的竊賊，被邢雲飛撞個正着。第二次失而復得以後，邢雲飛對靈石更加地愛惜：「裹以綿，藏櫝中，時出一賞，先焚異香而後出之」。

第三次劫難接踵而至。尚書某要出百金收購靈石。邢雲飛堅決不賣。尚書收購不成，便以事中傷，將其逮捕入獄。妻子為了營救丈夫，無奈之下，將靈石獻給尚書。邢出獄，得知靈石已經獻給尚書，正在絕望之時，靈石托夢給他，讓他不要悲傷，說明年八

聊聊聊齋（下）

張國風——文

責任編輯：馬靈樹

裝幀設計：立　青

排　　版：沈崇熙

印　　務：劉漢舉

出版／中華教育

香港北角英皇道 499 號北角工業大廈 1 樓 B

電話：（852）2137 2338 傳真：（852）2713 8202

電子郵件：info@chunghwabook.com.hk

網址：http://www.chunghwabook.com.hk

發行／香港聯合書刊物流有限公司

香港新界大埔汀麗路 36 號 中華商務印刷大廈 3 字樓

電話：（852）2150 2100 傳真：（852）2407 3062

電子郵件：info@suplogistics.com.hk

印刷／美雅印刷製本有限公司

香港觀塘榮業街 6 號 海濱工業大廈 4 樓 A 室

版次／2018年7月第1版第1次印刷

規格／16 開（220mm × 150mm）

ISBN／978-988-8512-32-4